走读广东古城

南方都市报 著

南方日报出版社
NANFANG DAILY PRESS
中国·广州

图书在版编目（CIP）数据

走读广东古城 / 南方都市报著. 一广州：南方日报出版社，2022.7
ISBN 978-7-5491-2555-5

Ⅰ. ①走… Ⅱ. ①南… Ⅲ. ①新闻报道－作品集－中国－当代 Ⅳ. ①I253

中国版本图书馆CIP数据核字（2022）第095485号

ZOUDU GUANGDONG GUCHENG

走读广东古城

著　　者： 南方都市报
出版发行： 南方日报出版社
地　　址： 广州市广州大道中289号
出 版 人： 周山丹
责任编辑： 刘志一　张煜杰
责任校对： 裴晓倩
装帧设计： 肖晓文
责任技编： 王　兰
经　　销： 全国新华书店
印　　刷： 广东信源文化科技有限公司
开　　本： 889 mm×1194 mm 1/16
印　　张： 11.25
字　　数： 184千字
版　　次： 2022年7月第1版
印　　次： 2022年7月第1次印刷
定　　价： 58.00元

投稿热线：（020）87360640　**读者热线：**（020）87363865

前言

走进古城，读懂古城，保护古城

古有边防而无海防，海之有防自明始也。据《明史》记载，从明洪武十七年（1384）起，为加强海防、防御倭寇，明政府在全国沿海要害处大量兴建卫所。广东海岸东起饶平大埕湾，西到遂溪英罗港，绵延4000公里，当中设有8卫25所：西路3卫11所，中路3卫6所，东路2卫8所。这些卫所城及其军事辅助设施堡、寨、墩等分布于广东沿海重要的关口险隘位置，依明代海防三路分布，经精心挑选布局而建，成为明代军事要塞，清初仍作为军事单位延续使用了80多年，被称为“南海长城”。这道“长城”不但是我国有效管辖包括海洋在内的国土、维护海洋主权的历史见证，在今天海洋主权争端日趋频繁的背景下，还具有十分重要的现实意义。

随着历史的变迁和社会环境的改变，这些卫所城有的在清末发展成为渔业或商业重镇，有的成为原有所城后代聚居的村落，一直发展延续至今。历经了数百年风雨的卫所城使岭南文化的区域面貌更显多姿多彩，耐人寻味。对于现代人来说，这些古城除了有遗风余韵可供我们回味，更是文化更新的缩影，反映出历史的巨变，从中可以看到传统向现代的创造性转化。

走读古城系列，由南方都市报文体新闻部策划并发起，联合N视频的直播团队和视频团队，对广东境内的卫所城进行实地采访，以文字、图片、视频、直播等多元形式，既对卫所城的历史发展、风土人情、语言文字、饮食习惯、姓氏源流等进行了全方位的解读，又对遗址的活化利用、文旅开发作了生动呈现，是对岭南传统文化的一次极好的挖掘与弘扬。

走读古城系列是媒体首次对广东沿海的卫所城遗址进行全方位的走访，形式活泼，制作精良，传播广泛，社会反响热烈。整个系列总阅读量在300万以上。其中，走读古城系列直播在微博上有#走读古城#话题，被多个地方号转载，饶平大城所城一期直播的阅读量突破10万；每期的短视频也在微博上有相应的话题，如#探访中国大陆最南端神秘古城##汤显祖笔下的双鱼是指什么##探寻揭阳600年古城靖海所城记忆##深圳为什么叫鹏城#等，视频被多个地方号转载，每个话题基本的阅读量都在10万以上。

走读古城系列还得到了多位专家学者的认可，著名潮学研究专家黄挺教授和中山大学历史学系杨培娜副教授为采访和报道提供学术支持，北京大学中文系教授、中央文史馆馆员陈平原欣然为本系列题写“走读古城”。2021年10月，国家非物质文化遗产名录专家委员会主任、中国传统村落保护专家委员会主任冯骥才先生在接受南都、N视频记者的采访时专门“点赞”了走读古城系列。他说：“走读很重要，走读古城的过程就是认识古城的过程，而不仅是看哪个地方好玩，我们跟旅客不一样，我们要认识它，我们要知道哪些东西没有保护好，而且保护必须付诸行动。”

走读
广东
古城

目录

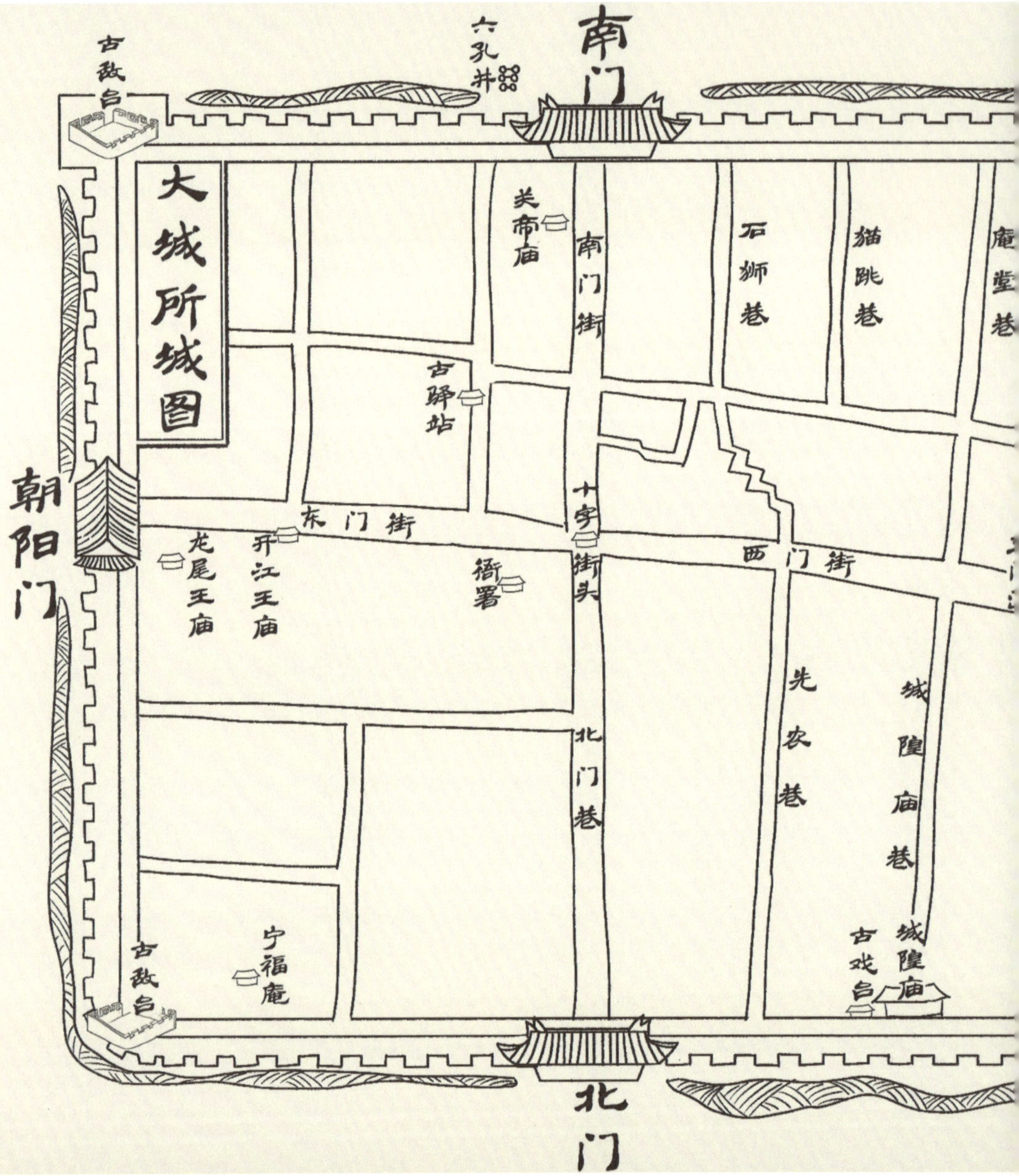

公元2016年

大城所村被住房和城乡建设部、文化部、国家文物局、财政部、国土资源部、农业部、国家旅游局等部门公布列入第四批中国传统村落名录

公元2017年

大城所城隍庙、大衙戏台、古井、东门外单曲引水渡槽被潮州市人民政府公布为潮州市第一批历史建筑

公元2018年

大城所城被潮州市文学艺术界联合会确定入选『潮州海上丝绸之路文化地理坐标』

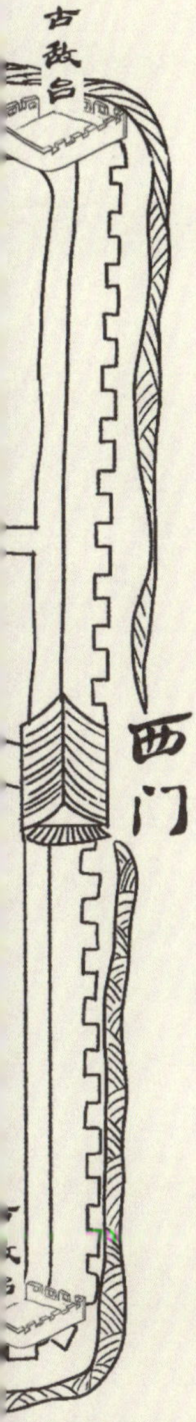

大城所城

百雉世封膺大号　岭南边海倚南城

明洪武二十七年（1394）

百户顾实创筑大城所城，外有护城河环绕。东西南北设石拱门，城门皆建城楼，四角建敌台，内有三街六巷，中心街呈十字形，为千户所

清雍正九年（1731）

大城所城裁并归饶平县管辖，所城即变成地方聚落。现有居民约7600人，大多为明清时期驻城官兵眷属后裔，也有闽粤近城移民

公元2002年

广东省人民政府公布大城所城为省级文物保护单位

俯瞰今日大城所城

大城所城，又名“大埕所城”，古称“大城守御千户所”，位于潮州市饶平县东南沿海的所城镇小金山南侧。明洪武年间，为抵御倭寇、防范海盗、安定海疆，朝廷于全国沿海线设置卫所城。大城所城设于明洪武二十七年（1394），由百户顾实创筑。东西南北设石拱门，城门皆建城楼，四角建敌台，内有三街六巷，中心街呈十字形，为千户所。史料记载大城所城“设正千户二员，副千户三员，百户十员，镇抚一员，旗军一千二百二十五员”，是明清闽粤海防军事重地。清雍正九年（1731），大城所城裁并归饶平县管辖，所城即变成地方聚落。现有居民约7600人，大多为明清时期驻城官兵眷属后裔，也有闽粤近城移民，有杨、陈、刘、林、张、许诸氏。大城所号称粤东第一城，迄今有620多年历史，是广东境内保存较完整的古城堡。

朝阳望海雄风犹在，“三街六巷”藏掖昔日传奇

大城开筑国初明，方垛骑龙绅胄荣。
前辟金门吞澳海，后环琉岭枕漳嵘。
马头含铁右骑壮，凤髻铸金左翼成。
百雉世封膺大号，岭南边海倚南城。

——明成化国子监佐教曹宗《大城所》

曹宗[①]不愧为潮州著名的才子，寥寥数语，不但写出了由闽入粤的首座海防所城——大城所城的来历，也写出了其地势险要、战略地位重要。

根据史籍记载，大城所城始建于明洪武二十七年（1394），曾于嘉靖十七年（1538）、崇祯十年（1637）、清康熙元年（1662）、康熙八年（1669）四次重修，古城虽然历经620多年沧桑，但雄风犹在，现四周城墙尚存，四城门完好，成为全国尚存明代卫所城遗址中保存最为完整的一座城堡。向导刘敬生先生说，近年来，所城镇人民政府高度重视历史文化古村落的保护工作，把古村落的保护和利用作为推进乡村振兴战略的重要内容来抓，为了更好地保护古城，学校和有关机构都搬到城外去了，因而平日里城里显得格外静谧。

2002年7月，广东省人民政府公布大城所城为省级文物保护单位。2016年12月，大城所村被住房和城乡建设部、文化部、国家文物局、财政部、国土资源部、农业部、国家旅游局等部门公布列入第四批中国传统村落名录。2017年8月，大城所城隍庙、大衙戏台、古井、东门外单曲引水渡槽被潮州市人民政府公布为潮州市第一批历史建筑。2018年2月，大城所城被潮州市文学艺术界联合会确定入选“潮州海上丝绸之路文化地理坐标”。

① 曹宗，字宗道，海阳（今潮州）人，明宪宗成化七年（1471）举人。入太学，为祭酒丘濬所重，后官国子监佐教，以丁母忧归，卒于家。事见清道光《广东通志》卷七二。

保存最为完好的朝阳门。大榕树的气根已经深深扎进丁字形城垣里

最能彰显大城所城的身份和地位的是东门，称“朝阳门”。东曰朝阳，意思是初升的太阳。城门上雄踞着一株不知树龄的榕树，枝繁叶茂，城墙在古榕的荫护下更显古老，它们相互依存，默默凝视着进出城门的人和车。登上东南隅敌台遗址眺望，远处大埕湾一览无遗，蓝天白云下，临风而立，自然心旷神怡。刘敬生介绍，东西南北四墙隅原来均建有敌台，用以观察与御敌，民国期间，四座敌台先后被台风摧毁了。

古城仍保存着外方内整的城堡平面、田字形道路骨架及“三街六巷”的棋盘式路网格局。何为“三街六巷”？“三街”是指东门街、西门街和南门街，“六巷”是指北门巷、先农巷、城隍庙巷、庵堂巷、猫跳巷和石狮巷。虽说是“三街六巷”，但实际上古城里大小街巷共23条，而十字街头是“三街”与北门巷的交会处，也是古城里的制高点，据说与距此八里之遥的风吹岭明代雷震关海拔高度相同。

猫跳巷尽头嵌在石墙里的石敢当。有关专家根据“石”字多出一横的刻法判断其为明代刻石

“三街”容易理解，但为什么独有北门称“巷”呢？刘敬生为我们解惑：原来昔日“三街”皆有商铺，唯独北门巷没有商铺，仅做柴草生意，故称巷不称街，再者北门靠近金山、廖公山，北门巷便成为寿板入城、灵柩出殡的必经之路。除了北门巷，这里的巷道命名很有特点，譬如猫跳巷形容巷

正对朝阳门的龙尾王庙，乃东门街之屏障

杨氏古民居祖厅位于左侧，厅侧有四座房舍，形成“五门相通”格局，谓之“五福临门”

道狭长，七曲巷是因为巷道里有七个弯，石狮巷当年居住的军民从南京石狮巷迁来，因怀念故乡便在巷口置石狮，马石巷的巷口那块上马石是大宅主人身份的象征……果然，这里的大街小巷都藏掖着昔日传奇。

古色古香的建筑总能吸引住人们探寻的眼光。所城内的民居样式多种多样，有六成为传统民居，既有简约雅致的明式建筑，也有华贵繁缛的清式建筑，还有中西合璧的侨房，由古及今，几乎荟萃了潮式建筑的样式，体现了“京都帝王府，潮州百姓家”的风范与气派。拐进西门附近的杨氏古民居，只见其祖厅位于左侧，厅侧有四座房舍，形成“五门相通”格局，谓之“五福临门”。为什么要五门相通呢？刘敬生说道：“这跟整座民居最里面的一口古井有关，一家人用水都靠它，旁边还有一条‘火巷’。他们把五个门打通，也是见证了他们一大家子人的心心相通。”

说到古井，刘敬生提到了当地人有句俗谚，说“未有城先有井”，这说明古井的历史比古城还悠久呢。大城所城尚存66口古井，其中六孔井1口、

南门外六孔井。当地人认为“未有城先有井”

四孔井3口、双孔井3口、单孔井59口，分布在老街古巷、宅院与城脚。在一众古井中，最为人津津乐道的自然是南门城脚附近的六孔古井，井上覆盖着三条石板，板石上开凿了六个圆洞供取水，走近井口，透过清冽明净的井水，可见井壁上的条石交错砌筑。刘敬生说，所城的人去世了，子孙会披麻戴孝来到古井边，打水回家为逝者净身。

城隍庙里有座一年只演一出戏的古戏台

大城所城里的民众信仰不一，所城里大大小小的庙宇道观有20多座，甚至还有一座基督教堂。

刘敬生介绍，所城里的老人最看重的还是城隍庙，因为里面供祀的是建城功臣百户顾实。据《东里志》载，明洪武三十一年（1398），倭寇进犯东里，百户顾实开门迎百姓入城避难。顾实创城及卫民有功，因此受到朝廷的

城隍庙对面的古戏台。每年正月十三，大城所城里的人都会请来戏班在古戏台演潮剧酬神

嘉奖和百姓的拥戴，被奉为城隍神。每年的正月十三，大城所的民众都会从城隍庙请出城隍爷及其夫人的神像出来巡游一次。有意思的是，城隍庙前厅梁间悬挂着一把算盘，上刻“不由人算”，算盘中档拨上一珠，算盘两旁有对联云：世事何须多计较，神天自有大乘除。

城隍庙的正对面是一座古戏台，戏台坐南朝北，前台后室，面阔11米，进深7米，建筑面积77平方米。据刘敬生介绍，古戏台至今还在使用，但每年只用一次。“每年的正月十三，我们都会请来戏班在古戏台上演潮剧《京城会》，给大城所内七个社里的众神看，祝愿新的一年风调雨顺、国泰民安、五谷丰登、合境平安。观众以各社里的长老居多，但也有一些群众或善男信女点香祭拜。”

校场变身露天剧场，曾多次召开万人大会

作为军事卫所城堡，大城所自然少不了衙署和校场。大城所的衙署和校场遗址位于所城内东门街中段，面积约4800平方米。1950年在这里建筑了露天土戏台，20世纪50年代常在此处召开万人大会，1974年改建为露天剧场。戏台面积243平方米，三面用石柱支撑四坡面屋顶，中央木载嵌接木梁架，建筑形式较为独特，古城里的人称之为“大衙戏台”，以便与城隍庙古戏台区别开来。

20世纪80年代，由于校场的部分场地被划为宅基地，校场已不复原来那么大面积，但自空中鸟瞰，仍然是古城里最大的一块空地，自成一景。刘敬生透露，现在的大衙戏台成为社区举办非遗活动及文体活动的场所，所城的人吃过晚饭会来这里聚集跳舞，社区也在这里举办一些民俗文化活动。

大衙戏台面积243平方米，三面用石柱支撑四坡面屋顶，中央木载嵌接木梁架，建筑形式较为独特

大城所城内的古驿站

许厝巷头尚存古驿站一座，两层楼，四坡面屋顶，灰瓦覆面。驿站是古代供传递官府文书和军事情报之人或来往官员途中食宿、换马的场所。大城所城的古驿站一楼如今已经变身小商铺，二楼住人，但明代建筑的框架仍在，仿佛在诉说着昔日荣光。

大城所城里如今住着7600多人，多为老人和小孩，年轻人多到外面“闯世界”。居民中有30多个姓氏，人数最多的是杨、刘、陈、林，刘敬生便是原籍福建泉州刘姓的二十一世孙，年轻时也曾外出工作，近年来回到古城居住。他说，城里的老一辈人之间几乎都认识，见了面都会点头示意，或寒暄几句。我们一行人在大街小巷穿行，偶尔会在狭窄的巷道与当地人相逢，相互避让时，只见他们神色如常，并不以为忤。刘敬生解释说，大城所城声名在外，每年都有很多摄影发烧友在这里流连忘返。

一片静谧的猫跳巷

端午节游旱龙，吃鼎翻

每年农历五月初五端午节，潮州各地都有赛龙舟的习俗。而在大城所城，人们却用另外一种方式欢度佳节——游旱龙。所谓游旱龙，就是抬着用纸和竹片糊成的“龙舟”，在古城的三街六巷巡游。当地有俗谚曰：“张果老活到一百三十九，唔北看着龙船街上走。”①

那么，为什么大城所城的民众不在水面上进行龙舟竞渡，而要采用游旱龙的方式呢？根据《东里志》记载，明初大城所城的龙舟竞渡是在溪河中进行的，可是到了明代中期，随着海岸线外移，溪河淤塞，龙舟不能在溪河中竞渡，当地军民就别出心裁地制作“旱龙”，即用竹片和竹篾制作“旱龙”骨架，外面用牛皮纸及彩色纸粘贴成有头有尾的大龙舟，船上插着五彩旗

① 潮州俗谚，意为：张果老活了那么久都没见过在陆地上走的龙船。

古城老房墙壁上，一株绿植正从石缝中“钻”出来

帆，吊挂着许多绣球。每年五月初一至初六，结彩龙舟由青年人抬着在城里的三街六巷中巡游，并配以粗犷雄壮、气势磅礴的潮州大锣鼓和富有特色的文艺表演。

有意思的是，从农历五月初一至初六，每天巡游的旱龙舟的颜色、地点也各不相同，从活动第1天到第6天，旱龙舟的颜色依次为粉红色、赤褐色、青色、紫色、红色、黄色，分别代表了城隍庙社、北帝庙社、关帝庙社、华光大帝庙社、天后宫社、鹤松庵社等6家庙社供奉的不同神明。

2015年，大城所城端午节游旱龙习俗入选广东省第六批省级非物质文化遗产名录。

每年端午节期间，除了别具风情的游旱龙，大城所城的人还有吃鼎翻的习俗。“鼎翻”又叫麦熟、薄饼，原先是北方人喜爱的烙饼。明代大城所城官兵来自五湖四海，其中又以北方来的军士居多。北方的官兵们喜欢用平鼎（潮汕方言管“锅”叫“鼎”）烙面饼，厚厚的烙饼卷着大葱或大蒜吃。原住民不习惯这种口味，便等麦子熟了，自己磨面，用好面烙成薄饼，以猪肉、豆干、鸡蛋、绿豆芽、韭菜做馅，然后浇上酱糊，吃起来皮薄馅香。除此之外，“鼎翻”一名还深刻反映着潮汕地区的风俗民情。本地乡民多靠出海捕鱼为生，遭风浪打翻船、葬身鱼腹的事时有发生。因此，乡民平日忌讳说“翻”字，而是将“翻”改为“顺”。当地人在端午节吃鼎翻，把“翻”字吃掉，祈求神明保佑，别再出现翻船事件。另外，潮汕话“鼎翻好”谐音“定风好”，寓意定然风讯好，顺风得利，捕鱼丰收。

经过数百年的发展，现在人们的吃法又有不同。端午当天，当地人会从市场买回鼎翻皮，用鲜猪肉丝、蛋丝、香菇、虾米或鲜虾、鲜鱿鱼、绿豆芽、韭菜等做食材，炒熟放置于盘中或盆中，用咸酸梅、冰糖、豆油、猪油、芝麻粉、五香粉、面粉做成酱糊，备白糖、花生末、辣椒粉。食用时先取鼎翻皮，摊平于盘子上，自选桌上的鼎翻菜，浇上酱糊、白糖、花生末等，然后把鼎翻皮前后左右折卷成条，这样才是最正宗的吃法。

专门售卖鼎翻皮的小店

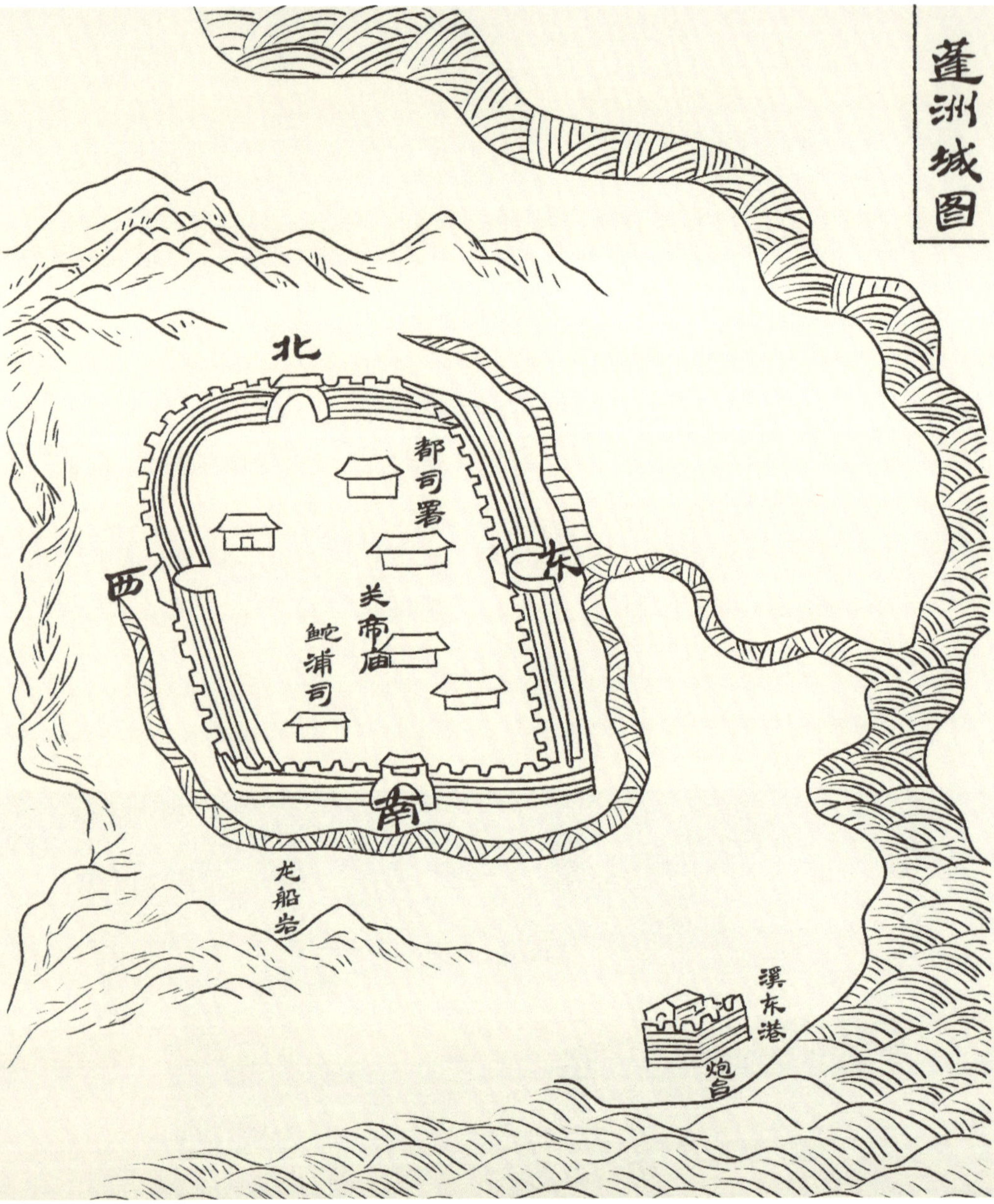

公元1921年

澄海县废都设区，管理职能及市镇贸易逐渐被汕头所代替，鮀浦蓬洲城逐渐退出了历史舞台

公元1984年

汕头升为地级市，蓬洲一改过去归澄海县管辖的历史，被划为汕头郊区

公元2007年

蓬洲被广东省文联、广东省民间文艺家协会评定为省级古村落

蓬洲所城

城垒倾圮古祠在
至今犹说蓬洲扇

明洪武二十七年（1394）

为了巩固海疆边塞，『蓬洲守御千户所』从厦岭村迁徙至此

明洪武三十一年（1398）

蓬洲守御千户所在百户董兴的主持下，筑砌了周围六百四十丈、高一丈五尺的石城，驻军守御，故名蓬洲所城，所城周围有防护河

明嘉靖年间

经兵部尚书翁万达奏准，四乡民众入住置业，形成兵民同城的格局

公元1851年

汕头正式开放为商埠

俯瞰今日蓬洲所城

蓬洲所城位于广东省汕头市区西北部，桑浦山东麓，现分割为蓬洲东、蓬洲西、蓬洲南、蓬洲北四个社区居委，隶属金平区鮀江街道，村居面积约205平方公里，人口近2万。

自古这里就是海滨沙丘地带，为了巩固海防，明洪武二十七年（1394），“蓬洲守御千户所”从厦岭村（今汕头光华埠）迁徙至此。“守御千户所”的设置，缘于明初推行的“卫所制度”这一军伍管理模式。当年，从京师到府、县，皆设立卫、所，以5600员为一卫，1120员为一所。各省设都指挥使司统辖各卫，由各卫统辖各所；而“守御千户所”则单独驻扎一个地方，直接归都指挥使司管辖。

失落的城墙，家族荣耀依稀在

明洪武三十一年（1398），蓬洲守御千户所在百户董兴的主持下，筑砌石城驻军守御，故名蓬洲所城，所城周围有防护河。同时砌石城墙，城周长2133.33米，设东西南北四门，城门上各有月楼。几经兴废，城墙已被拆除，目前仅剩东门、北门局部，因古榕缠绕，得以保存。

蓬洲自嘉靖末澄海建县后，一直属澄海县管辖，直到1984年汕头升为地级市，被划为汕头郊区。蓬洲所城俗称“鮀浦城”或“鮀城”。由于鮀浦蓬洲城建于洪武二十七年（1394），而澄海置县于嘉靖四十二年（1563），故有“未有澄海县，先有鮀浦城”之说。

城中留有古色古香的民居建筑群、庙宇、宗祠、小桥、雨亭等大量古建筑，文化价值颇高。

旧时所城今何在？在蓬洲东，矗立着一块“城垒古迹”的石碑。石碑旁边有一棵大榕树，榕树缠绕着一些石块，据说这就是600余年历史的“蓬洲所城”所遗留下的一点印记。蓬洲当地向导翁锐南感慨，日寇入侵潮汕后，城墙便被拆毁大半，遗存部分于

蓬洲东“城垒古迹”碑与城墙遗存

翁氏家庙外的麒麟照壁

1958年又被拆除，运往澄海外砂用以修筑外砂大桥。这段“城墙”得以保存至今，归功于榕树的根须紧紧缠绕着城墙石块。

据《广东明清海防遗存调查和研究》记载：蓬洲所城设四个城门，外环护濠，明天启五年（1625）重建。清嘉庆七年（1802）重修，抗战时期日军侵华，拆毁大半，东城墙侧后方、北门城墙各有古榕一株，榕树树根包裹城墙，残余部分于1958年被拆除，现存东门城墙残长13.8米，厚3.6米，高4.3米，北门城墙残长5.2米，厚1.5米，高3.2米，由花岗岩砌筑而成。

城墙留下了遗憾，所幸还有那些崭新的祠堂，在向后人讲述着当年的人、当年的故事。蓬洲多达近50姓，现在仍保存着翁、陈、黄、谢、庄等氏族祠堂近20座。

这些祠堂很多都经过翻新，还在屋顶加上了潮汕的嵌瓷，默默地向后人讲述着家族的荣耀。比如谢氏一族，旧为蓬洲所城的世袭军官，就是当年的军户，透过该族现存的祠堂和府第建筑，依稀可见当年之盛。

在清嘉庆《澄海县志》中，有蓬洲关帝庙的相关记载，从中可以看出明清两代谢氏一族的升迁信息和他们对蓬洲城建设所作出的相关贡献：

> 关帝庙。正殿祀关帝，后殿塑佛像，前为山门，在蓬洲城内大街。明万历年，邑人世袭指挥佥事谢宏缵建。迁斥拆毁。国朝康熙壬子，袭指挥使谢应锆重建。乾隆二十一年丙子，鮀浦巡检司王伟万率庙僧募修山门。

在这则记载中，提到谢氏的两位重要人物：一位是万历年间的“世袭指挥佥事”谢宏缵。在明代卫所体系中，佥事一职，为指挥使的助手，一般分掌训练、军纪。另一位是康熙年间的“袭指挥使”谢应锆。指挥使在卫所制度中，为卫所一级的最高军事长官。可见，谢氏一族的先人是通过自己的努力一点点发家的，从明代中晚期充当指挥使的助手，到清代，成了所城的最高负责人。

蓬洲所城内的谢氏宗祠

著名潮学研究专家黄挺教授说，在卫所城里，军户中发展更快更好的，慢慢变成了大家族，像谢氏一族。朱元璋从蒙古人手里夺回了汉人的天下，还完成了中国封建历史上唯一一次成功的北伐。北伐成功后，大量的明军成了累赘。为了解决这个难题，当时的朱元璋就下令把军队安排去屯田，卫所制度就创立了。所以，卫所里安顿的是原来的军队，也就是外地人，但也有本地人。明朝的卫所兵源主要来自从征、归附、谪发、垛集等四个方面。其中前两个是建立卫所制前就存在的武装力量，主要是朱元璋开国时所积累下的部队；后两种就是开国后所招募的士兵。而在这四种士兵来源中，以垛集所获得的兵源最多。垛集即民户征兵，按人口比例，一家有五丁或三丁出一丁为军。

蓬洲所城人才辈出，这里曾出过逾20名进士。明朝兵部尚书翁万达、清雍正八年（1730）武进士翁邦详等均出于此地。

因此，在蓬洲，经常提及的另一有名的家族翁氏，并不是军户。据县志记载，北门外原是不同于蓬洲所内的另一个乡村。随着蓬洲所城城墙拆除，两村合一，称为蓬洲，而北门外则称为霞露社。北门外的居民并没有受到明初建城时的拆迁影响，因而至今在北门外还存在一个聚居超过千年的翁氏宗族，当地一向称之为“北门外翁”。

蓬洲所城内的翁氏家庙

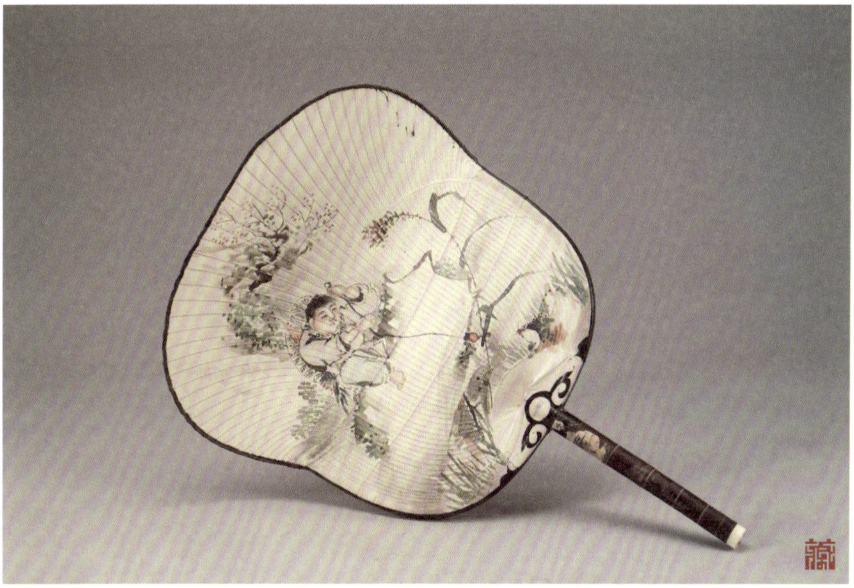

清骨把绘人物潮扇（广东省博物馆　供图）

在古城里寻踪遗失的蓬洲扇

向导翁锐南是所城人的后代，在他的记忆里，蓬洲曾有名特产大蒜，他自豪说道："以前有出口大蒜，我们这里的大蒜特别受新加坡那边的人欢迎。你拿其他地方的大蒜去冒名顶替不行，他们的嘴非常刁，一下子就知道味道不一样。我们这山好水好，种出来的东西不一样，可惜现在没有土地耕种了，大蒜也没有了。"

可惜的何止是大蒜。据《蓬洲村》记载，蓬洲当年最有名的是蓬洲扇。

学者黄万成写过蓬洲扇曾一时风光无两。清末民国时期，蓬洲扇已经在广州、苏杭，甚至是京城中有一定名气。随着产品的需求增加，蓬洲扇的生产工艺渐渐外传，于1892年从广东潮州传入四川德阳，经工艺师李宝成、黄辉庭结合当地的实际，在材料上加以改良，发展成为"德阳一绝"。1895年，德阳潮扇便成为贡品。民国期间，德阳潮扇庄有30多家，年产1700多把，书画名家张大千、叶浅予、蒋兆和、董寿平等都曾在德阳潮扇上绘画纪念。1943年，国民政府专门选了四把德阳潮扇，由张大千、谢趣生绘画后，作为寿礼送给美国总统罗斯福，现收藏于美国国家博物馆。1956年国家特制一批精品，作为国礼赠送苏联、罗马尼亚、印度等国。然而，德阳潮扇制作工艺的传承现状不容乐观，如今仅有民间艺人龚德江不甘传统艺术失传仍在苦苦支撑。2001年，德阳将潮扇立项申报民间艺术保护工程。2007年，德阳潮扇被列入四川省非物质文化遗产。

在旧时民间，蓬洲扇是社会文化精英标榜自我儒雅风度、塑造自我文化形象的一种符号。所以，时人往往以拥有一把蓬洲扇为荣，也将蓬洲扇当成馈赠的名品：清末蓬洲名士黄若澄请人绘制行乐图时，便手执一蓬洲扇；当时西方传教士进入汕头埠之后，为了取得地方社会的认同，便穿着长衫、唐鞋，手执蓬洲扇；偶尔见到汕头埠民国旧照片，还能看到蓬洲扇的影子；名士陈龙庆则将旧藏象牙扇柄装新，并手书一诗赠送给黄际遇（任初）：

握手言欢能有几，特将旧柄改新裁。
梓桥普出春风化，葵藿常应向日开。
几度南薰千里月，片帆北渡一声雷。
炎凉世态君休问，具效黄香扇枕来。

据说，20世纪80年代初，还有新加坡的客人到蓬洲村寻找蓬洲扇，但无果。时至今日，问及当地人，大多也并不知道蓬洲扇的存在。

如果想寻找蓬洲扇，大约只能去博物馆了。广东省博物馆收藏有两把清代的“潮州蛩壳扇”，即蓬洲扇。其一为“彩绘刘海戏蟾[1]”，扇长25厘米，宽22厘米，其状如鸭掌，扇骨和扇柄均为竹制，以细线将60条极细匀的扇骨编排成扫把状，两面糊纸，再以绢锦包边成扇，并彩绘刘海戏蟾的人物故事，做工考究，轻便细巧。另一把为“彩绘人物故事图”，扇长29厘米，宽24.5厘米，其做工与“彩绘刘海戏蟾”扇相近，象牙柄，竹编边框，63条竹制扇骨，麻质扇面上以设色水墨彩绘文人休闲图。

① 刘海戏蟾是一个古老的中国民间传说故事，来源于道家的典故。刘海少年时上山打柴，看见路旁一只三足蟾蜍受伤，便赶快上前为之包扎伤口，蟾蜍变成了美丽的姑娘，并与刘海成婚生子，妻子能口吐金钱和元宝，故中国民间有蟾蜍能吸财镇宅辟邪的说法。

鮀江古村里的慢生活

2007年，蓬洲被广东省文联、广东省民间文艺家协会评定为省级古村落。村中有多处文物，或被文物部门确定为文物点，或被规划部门确定为传统建筑。

走在蓬洲东，至今还能看到很多老墙和老房子，小卖部、发廊、面包店也没有商店招牌，就那么直接地敞开在你面前。

街头巷尾，偶尔能见到跷着二郎腿，或嗑瓜子，或织毛衣的女人，三三两两坐在一起，岁月静好，时光安逸。

这个小村庄似乎仍然远离城市建设的中心，安于一隅，保有着聚居式的民俗生活。它老旧、平凡的乡村外表下，氤氲着格外温暖的人文气息。

所城里的城隍庙在默默守护着鮀江古村的乡民

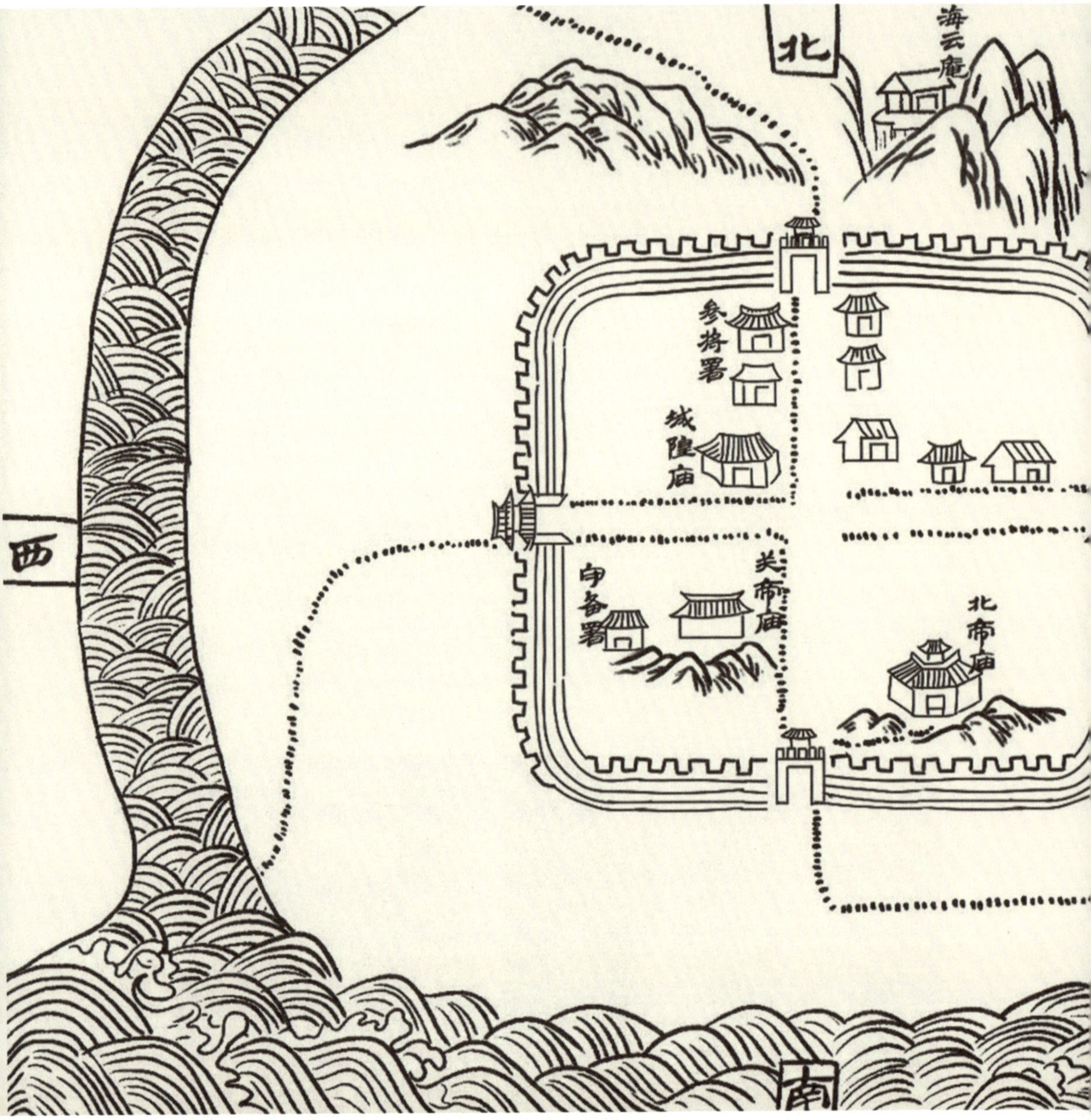

清康熙三年（1664）

清廷兴建钱澳大烟墩和大斗山烟墩，设水师于海门营，推行『迁斥』政策，升千户所为守备府

清康熙四十二年（1703）

升守备府为海门营参将署，统领招收都（达壕营）守备府

清宣统二年（1910）

清廷日薄西山，海门彻底撤防

公元2017年

海门入选第二批全国特色小镇

海门所城

南天锁钥开功业　五凤朝阳六百年

明洪武二十四年（1391）

海门建城官黄文灿开始在海口村临海筑城，前后历经三年

明洪武二十七年（1394）

所城竣工，迁潮阳守御千户所于此，遂命名为『海门守御千户所』，驻扎水师

明隆庆三年（1569）

驻潮阳参将金丹为抗击倭寇在莲花峰狮首山建莲花营，又称『细柳营』

清顺治十八年（1661）

郑成功收复台湾后，联系潮汕沿海渔民，屡袭清军，清廷加强『海禁』力度，实施迁海令

俯瞰今日海门所城

在明王朝之前，海门（现广东汕头市潮阳区海门镇）称海口村，因地处粤东潮阳练江出海口，势若大海门户而得名。明朝初期，倭寇频繁侵扰我国沿海，以致民不聊生，国不安宁。为了加强国家政权对海岸线边缘地带的控制，同时保护海上渔船商船的安全，明洪武二年（1369），朝廷开始在沿海要塞设置防务，配置高规格的防御设施和军事力量，这种军事组织按照规模大小分为卫或所，于洪武二十七年（1394）建成的海门所城就是其中之一。这里是河海交汇之地，是对外通洋总汇之所，是我国东南沿海工商贸易的出入港、潮阳沿海治安的保障，是我国明清时期重要的滨海戎所，有“海国长城，云峰千古”之美誉。

从“七鹤归洞”到“五凤朝阳”

潮汕历史文化研究中心青年委员会委员萧泽阳是海门所城的“老地胆”，他对所城的一切如数家珍。在他看来，外地人游览海门所城的首站一定得是建城古庙，因为那是所城历史的起点。

建城古庙，又名晏爷宫，始建于明洪武二十七年（1394），为祭祀明洪武年间海门建城官黄文灿而建。据《潮阳县志》记载，海门旧名海口村，明洪武二十四年（1391），指挥杨聚奏建潮阳守御千户所，朝廷遂命钦差大臣黄文灿临海筑城，洪武二十七年（1394）竣工，迁潮阳守御千户所于此，遂命名为“海门守御千户所”。相传明朝廷原计划把海门城建为“七鹤归洞”大格局，但黄文灿不忍劳民伤财，为节约建筑材料，擅自改用“五凤朝阳”格局，所城竣工后，黄文灿觉得难以向朝廷交差，便选择服毒自尽。海门民众感其忠国爱民，遂建庙祀之。时至今日，当地人逢年过节都要来建城古庙祭拜一下这位舍己为民的“黄晏老爷”，而所城每年过年营老爷巡游，人们还会把老爷神像从庙里请出来，在所城里游行，举行拜祭仪式后再送回庙里安放。

黄文灿建城时采用“五凤朝阳”格局，意为饮“五都”之水，其实就是把所城建在五座丘陵之上，犹如一只朝天而立的

始建于明洪武二十七年（1394）的建城古庙是为了祭祀舍己为民的建城官黄文灿

走在古城的青石板路上，让人有一种穿越时空的错觉

鼎。城状近似长方形，城围约2.5公里，城墙高约3米。城中共有东西南北四个城门，四周城墙设有垛口，其中东、南两门设有瓮城，每个城门前开一水池，起防火作用。西门外还建有一小屋，称狮子舌，故西门又名“流涎狮”。城内有两条大街，一条由西门大街直通东门大街，另一条由北门大街直通南门大街，两条大街在“三角街”交会，从而有机地把所城里的大小巷道都串联了起来。走在古城的青石板路上，让人有一种穿越时空的错觉。

漫步城中，在所城西门可以见到一段依山而建的残旧城墙。向导萧泽阳说：“像我们沿海地区，雨水多，台风多，因此排水系统显得格为重要，而海门所城建在丘陵上，因势利导，城里的下水道从来不会堵塞，这是古人的智慧结晶。”旧城墙以粗糙的大石和泥沙、石灰筑砌而成，呈丁字状。这个丁字状，在建筑专家看来结构科学合理，是典型的古军事城址特征。而在海门所城居民眼中，先人选择丁字状分明是寄寓了“多子，多孙，多福”的良好愿望。丁字状城墙在600多年中饱受风雨的侵蚀，据史书记载，从明朝建城到清朝嘉庆年间，因台风天下大雨造成城墙倒塌的情况并不罕见。其中最多的是清乾隆时期，从乾隆十五年（1750）至五十六年（1791），短短42年间，城墙就复修了9次。

海门所城的西门城墙

校场原是“筠山福地”

海门东校场，位于海门所城的南门外，始建于明代，新中国成立后该校场被居民改建为民宅。校场以叠石“筠山福地”为中心，占地1200平方米。明、清两朝为加强海防经常在此操练水师，训练兵马。镇台[①]至海门营检阅营伍，于校场会操，大演武技，跑马骑射，取胜者则进德胜关领赏受奖。

饶有趣味的是，“筠山福地”的“地”字并不是通常的写法，而是由“山、水、土”上中下结构组成。萧泽阳介绍，这个“坔”字是“地”的异体字，是当年武则天造的[②]。落款的“鲁山道人”历史上确有其人，其姓曾，鲁山道人是其号，他初为元朝潮阳县海口村督捕官，升潮阳县尹，辞官后归隐潮阳海口莲花峰。

海门东校场现存巨石二方，垒叠而成，上刻“筠山福坔”，“坔”字为“地”的异体字

① 镇台，清代总兵俗称。

② 则天文字，武则天时期创制的汉字的总称，除“坔（地）”外，还有“曌（照）”“圀（国）”“〇（星）”等。

清康熙年间修建的海门南炮台依山面海

“精忠踏碎石莲花”

海门千户所城修建后，海门海防在抗倭御敌、保家卫国中起了重大作用。明隆庆三年（1569），驻潮阳参将金丹为抗击倭寇在莲花峰狮首山建莲花营。清康熙五十六年（1717），清政府建海门南炮台（莲花炮台）。炮台面海，由三合土筑成，呈半圆状，直径约25米。护墙与炮台内平面高3米，护墙有方形炮孔四处，各置火炮一门，每炮孔高95厘米，宽75厘米，墙厚80厘米，原炮于1958年被毁。莲花峰附近营舍久废，炮台保存完整，1998年由莲花峰风景区管理处对该旧址进行修葺，仿制四门生铁大炮陈列其中，供游人参观，莲花峰也由昔日海防的前沿重地变身为今天的AAAA级风景区，年接待海内外游客60万人次。

莲花峰因有奇石俨若莲花之状而得名，史称“莲峰海色”，现以“莲峰浩气”成为汕头八景之一。关于这块莲花状奇石的由来，当地流传着这么一

古莲花峰（萧泽阳　供图）

宋庐陵文信国公望帝处（萧泽阳　供图）

则故事：相传南宋末年，元兵入侵，爱国将领文天祥为勤王屯兵潮阳，并曾登临莲花峰眺望帝舟，因不见其踪影，心中忧愤，脚下一跺，峰顶的石头就裂成了莲花之状。在莲花峰管理处旁边有一块岩石，上面的“终南”二字相传是文天祥用随身宝剑所刻，表达“臣心一片磁针石，不指南方誓不休”的心志。那么，真实情况又如何呢？据清光绪年间《潮阳县志》记载：“宋文丞相登此石以望帝舟，命题‘莲花峰’三字书其上。”自此之后，历代宦仕到此凭吊忠贤或吟哦山水，留下了内容丰富、书体多样的题刻，是研究潮阳历史文化的珍贵遗产。其中，以清代潮阳知县臧宪祖《吊文天祥》七律诗刻最为著名，诗文曰：

丞相勤王到海崖，精忠踏碎石莲花。
思扶弱主回天顾，致使孤臣痛日斜。
浩气一腔吞巨浪，丹心万古照寒沙。
成仁取义酬君父，读史谁能不叹嗟。

133 个姓氏“海纳百川”

历史的硝烟散尽后，如今的海门所城一片静谧。深幽逼仄的小巷，古老

玄坛古庙屋顶上的嵌瓷

斑驳的砖墙，古庙屋顶上的嵌瓷……莫不让人驻足流连。

据萧泽阳介绍，至清朝乾隆年间，海门的海防获得了“商渔都仰望”的美誉。相传当时的海门路不拾遗，夜不闭户，红头商船，与时兴起。时任海门参将的吴本汉在海门所城北门外立石牌坊时赞颂海门为“南天锁钥”，以彰显其地理位置之重要。

海门自古以来就是天然的避风港，当地人靠海吃海，丰衣足食，海上贸易也发达，加上气候宜人，食物可口，除了原来驻兵的后代在这里居住，从全国各地迁来的人也特别多，达133个姓氏。来自五湖四海的人在这里和谐共处，萧泽阳称之为“海纳百川”。

迁入海门所城的居民久而久之便拾得一口流利的海门话。在萧泽阳看来，海门话虽然也属于潮汕方言，但自有特色，“可能是海鲜吃多了的关系，营养丰富，大家说话中气十足，发音自然就重一点咯”。不过，发音重也有个好处，就是读中国古代诗词时特别顺口。说到此处，他情不自禁地用地道的海门话吟诵起诗来，那是老舍当年游海门题的莲花峰诗之一，用的正是文天祥登石以望帝舟的典故。诗曰：

遥怜信国此峰头，水黑云寒望帝舟。
今日红旗明碧海，神州儿女竞风流。

古城美食——海门糕仔

在潮汕地区有句俗谚：“贵屿朥饼，海门糕仔”，分别指的就是贵屿特产朥饼与海门特产糕仔，海门糕仔名列“潮汕八大传统名产饼食”。

关于海门糕仔的来历有一则传说：一位新婚渔民即将随船出海，贤惠的新娘关心丈夫出海时的饱暖，就将婚嫁时带来的糯米研成粉末，炒熟加糖，并压制成一块块的饼状，给丈夫出海当干粮食用。其他渔家发现这种饼不仅美味而且能保存较长时间，对于出海的人来说是不错的干粮，于是竞相效仿，这样一传十、十传百，海门糕仔逐渐成了海门地区的名产饼食。

制作海门糕仔首先得精选新鲜的糯米，把糯米混着细砂一起放进铁锅炒熟，再用筛子把细砂筛掉，把糯米碾成粉状。而此时的糯米粉还不能马上用来制作糕仔，还得在湿度适中的环境下存放至少半个月后才能用。最后一道工序非常简单，不过有一点要注意，在把那些糯米粉团摁进木模时得讲究手法和力度，否则制作出来的糕仔会又松又脆，不成型。

海门糕仔与其他糕点最大的不同在于它的口味是清甜型的，口感软中带韧，非常可口，是当地人喝工夫茶时的传统茶配。海门糕仔虽好，但最佳食用期只有四五天，如果超过这一期限，香味就会大大减弱，口感也会变差。

古城里售卖糕点的店铺

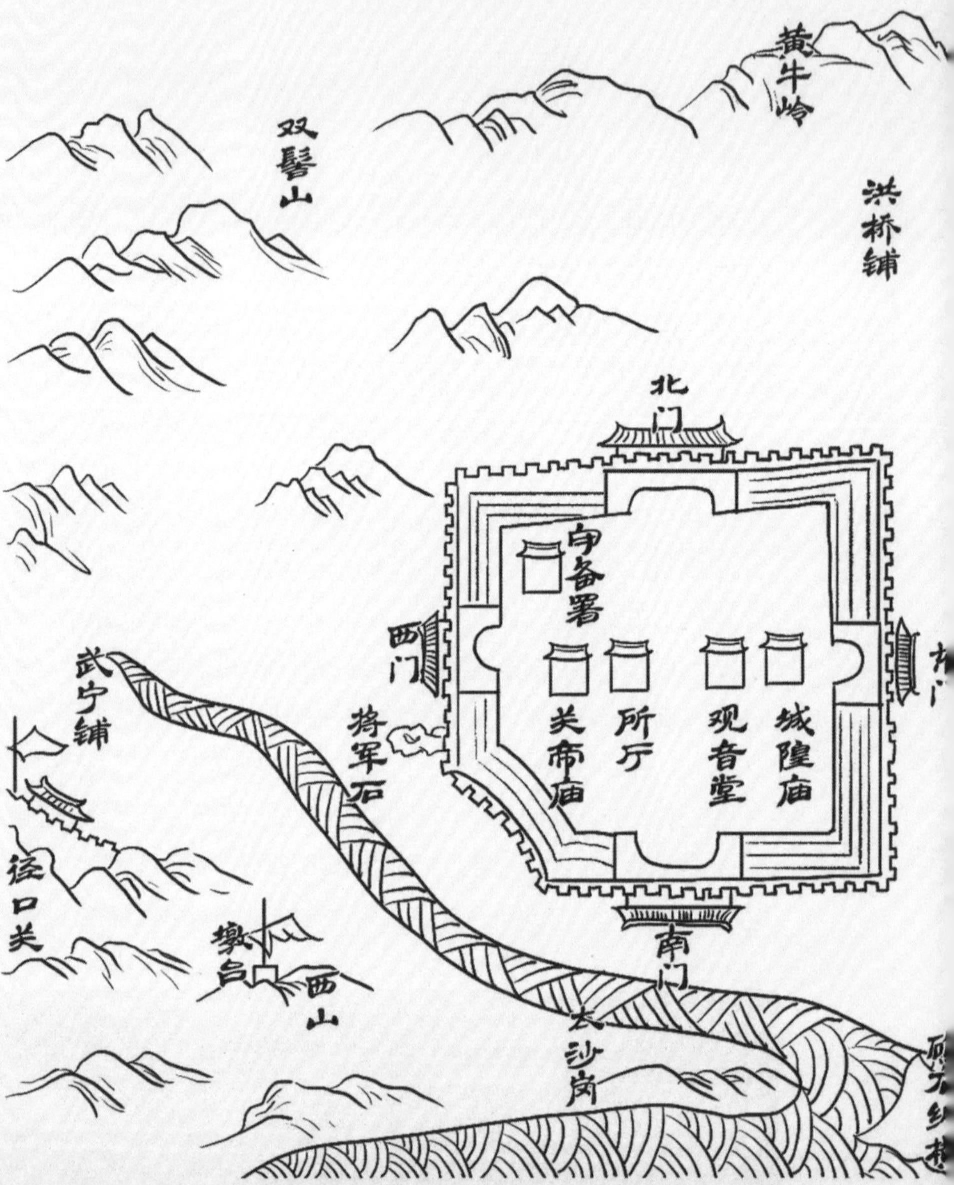

清康熙三十八年（1699）

重修靖海所城

公元1927年

大南山红军游击队古大存等同志在靖海人民的帮助下成功逃避国民党反动派的追捕

公元2010年

靖海所城成为广东省文物保护单位

靖海所城

东土屏藩无海患
趋虞化洽有新风

靖海所图

明洪武二十七年（1394）

建靖海守御千户所城，高二丈一尺，围五百六十丈，门四

明代嘉靖、万历间

知县林春秀、游之光相继重修靖海所城

清康熙八年（1669）

清廷取消『迁界令』，准许居民回迁恢复原籍

清康熙十年（1671）

知县孙汝谋修筑所城

俯瞰今日靖海所城

靖海镇位于潮汕南部、惠来东部，北连潮阳，西接惠来、珠三角，南邻前詹、神泉，东通大海。由于位置冲要，从明朝起这里就设立了靖海所，并修建所城，因而有“东土屏藩”“惠来锁钥”的美称。靖海所城的重要性可见一斑。

明嘉靖《潮州府志》卷二《建置志》记载：“靖海守御千户所，在（惠来）县东六十里，正千户二员，副千户五员，百户八员，试百户二员，所镇抚二员，吏目一员，旗军一百六十三名，屯丁五百零九名。”

清雍正《广东通志·城池志》记载：“靖海守御千户所城，在惠来县南大坭都，明洪武二十七年（1394）建，高二丈一尺，围五百六十丈，门四。嘉靖、万历间知县林春秀、游之光相继重修，康熙十年（1671）知县孙汝谋修筑。康熙三十八年（1699）重修。”

2010年，靖海所城成为广东省文物保护单位。

600余年，古城，烟火

初到靖海所城，很容易就会被她街巷里弄的烟火气所倾倒。卖海鲜干货的，卖豆辑的，卖生活用品的……在有600余年历史的所城里，做小买卖的一家挨着一家。建于明清时期的古民居、古祠堂、古庙宇比比皆是。一砖一瓦、一房一院都散发着烟火气与古韵味。有意思的是，所城里卖装饰字画的也很多，处处显示着所城的文化底蕴。根据史料记载，所城里，明朝时中举人的有陈琮、陈尚志，中贡生的有史益修、周继授、胡明汉、胡辉、周尚文、胡文奎、王建康、艾师锡、陈君赐、柴子等一批士子。清代时中第的则更多了。

城内，贯通四门的长十字形街道及卵形围墙形成古城独特的象形格局，故靖海所城也有“象城”之称。

一老房子外，摆满鹿茸，上面还挂着一个老旧的木牌子：靖海药品公司第一门市部。这里原来是一家国营的药店，但新的主人林先生并没有把旧牌子摘下，依然在卖药。林先生已经在所城里做了20多年药材生意，他说，鹿茸在所城卖得好，渔民可以祛湿补钙，一斤也就100多块钱而已，老人冬天喜欢吃。

这里，到处洋溢着慢生活的气息。在街头买一把菜，巷尾买盒豆辑，随处溜达，还能买到写满每天宜忌的手撕日历，各种美人头像、财神头像任选。

东城墙外，古树盘根错节，尽显沧桑

表海，胜概，留憾

向导朱培津是靖海本地人，每当有远道而来的来访者，他都会带他们去东门和北门。谈起这个，他面带遗憾：“南门和西门以前都被拆掉了，用拆下来的石头建水库。所幸这个水库比较小，没有把城墙和城门给用光。”

从东门进入，只见城门上的石匾写着“表海胜概”，意为临海美丽的风景。但实际上，走上城楼是看不见大海的。朱培津笑道：“明朝的时候，所城周边是没有房子的，上了这个城楼就可以看到大海了。现在所城周边到处是楼房民居，就把海遮住了。”

半圆形的护门小城，与城墙连在一起修建，这就是粤东罕见的保存完整的瓮城。

靖海所城古城墙上的跑马道

东城门上的“表海胜概”石匾

这里曾是古时揭阳的兵戎之地。当倭寇入侵时，守卫兵士佯装不敌，放敌进入瓮城之后，立即将瓮城内外二门锁住，恰好“瓮中捉鳖”，这就是瓮城一名的来由。

目前，东城墙北段保存完整，高4米，两边系条石垒筑，中夯灰土。城垛上有望孔，城墙顶为跑马道，宽约4米。朱培津说，所城设东西南北四个城门，城门上石匾，东曰“表海胜概”，表示此地临海，景色优美；西曰“靖海安澜”，寓意风平浪静；南曰“化洽趋虞”，意思是使民众都受到教化，走向盛平社会；北曰“莱钥永固”，用的是北宋莱国公寇准守北疆、敌

北城门上的“莱钥永固”石匾

人未敢进犯的典故。原来周长近2000米的古城墙，如今仅东城墙北段和北城墙约1300米城墙保存完整，西、南城壕依稀可辨，东门、北门的瓮城完整如初。可惜的是，南门不复存在，西门只余瓮城。

祠堂，庙宇，荣光

走下古城墙的跑马道，沿路是“下山虎”“四点金”等极具潮汕建筑风格的民居。除了老厝，还有30多座宗族祠堂。城里居民现存60多个姓氏。

在乐元公祠、林氏庆衍祖祠、戎氏祖祠……每一座祠堂都讲述着过去的荣光。有些祠堂还镶嵌着色彩绚丽的潮州嵌瓷、栩栩如生的金漆木雕，美轮美奂。在这里，祠堂就是一件有历史、有温度的艺术品。

每座祠堂，都有故事。说到这里最声名远扬的祠堂，就不得不提这所红色祠堂——在乐元公祠。该公祠始建于明万历二年（1574），由在乐元氏公祠、在乐轩书院和望海楼三部分构成。据向导元明佳介绍，靖海的元氏始祖原籍河南，随明军南下后定居靖海，但其实元氏最早可追溯到北

在乐元公祠大门匾额下的一对狮子

魏孝文帝拓跋宏。北魏建都平城（今山西大同），后来拓跋宏迁都河南洛阳，并实行“汉化改制”，诏令皇族全部改汉姓，他自名元宏，拓跋元姓始立。因此公祠里挂着“中州望族”“河南衍泽”“平城衍派”等牌匾。“我们靖海的元氏是鲜卑族人的后代，有着拓跋皇室的血统。”元明佳笑着说道。我们还注意到公祠大门的牌匾下方安放着一对可爱的匾狮，元明佳表示，匾狮是潮汕地区独有的文化形式，公狮在左寓意生活安定，母狮在右寓意子嗣绵延。走进这座古朴肃穆的公祠，在洒满阳光的院子里，主人奉坐吃茶，元明佳开启了讲故事模式：

1927年，大南山红军游击队古大存等同志为了逃避国民党反动派的追捕，在靖海元氏族人元邦连的帮助下，藏于在乐元公祠。数天后，事情被靖海镇公所发觉，报国民党惠来县保安团，并约好联合抓捕。但抓捕计划被靖海保长密告元邦连，古大存等同志得以及时转移。新中国成立后，古大存曾任广东省政府副主席。

所城内的周王二公祠，初看以为是周、王两个姓氏合建供奉祖先的祖

“平城衍派”匾额

祠，而实际上这里隐藏着一段护国佑民的感人故事。这是一座当地老百姓感恩周、王二公作为地方官员施行仁政，从而自发建设的纪念庙宇。

向导朱培津介绍，清初，明将郑成功在台湾、福建、广东沿海等地组织武装对抗清廷。清廷“令滨海民悉徙内地五十里”，强制处在这个范围内的沿海居民向内地迁移，史称“沿海迁界”；划定滨海范围内禁渔禁耕，违者重则砍头，轻则有牢狱之祸。当时的广东巡抚王来任，非常同情沿海人民的悲惨遭遇，于康熙六年（1667）冒死上疏请求复界。然而，王来任很快被罢官，郁郁病死在广州。

随后，山东巡抚周有德升任两广总督，内国史院学士刘秉权任广东巡抚，这两位官员也对迁海之策提出质疑，继续上疏朝廷，痛陈“迁界”之害。康熙八年（1669）正月，清廷终于取消“迁界令”，准许居民回迁，恢复原籍。感周、王二公爱民之恩德，靖海百姓于康熙末年在镇中心、旧戏台北面建周王二公祠，分春、秋两节集六社之众祭祀。

周王二公祠前的戏台，俗称“老戏台”，是所城里六社共用的戏台，是供这六社集体或各社头敬奉天公的共用场地。周、王二公都当过总督，因此，周王二公祠又称“总督老爷宫”。因戏是演给天公看的，所以当地有“总督老爷兑聊戏”的说法，意思是两位总督老爷看戏是沾了天公的光。现在老一辈人还会拿这句俗语来打趣那些因为沾了别人的光成事的人。

“迁界令”导致靖海人流离失所，苦不堪言，但此间亦发生了一些民众互助的温情故事。靖海的林氏祠堂的诞生便与这一历史事件有关。林氏庆衍祖祠，当地人称为“半曾林祠堂”。这是一间很特殊的祠堂，祠堂的大门外面悬挂林姓的灯笼，大堂内却悬挂曾姓灯笼，这是为什么呢？据向导戎烈洲介绍，清康熙初年，清廷颁布“迁界令”，靖海一名曾姓孩子被迁到潮阳内陆，幸得当地一林姓人家照顾，方存活下来。后来朝廷取消“迁界令”，曾姓孩子回到靖海，经过奋斗，发财致富，成家立业，而此时潮阳林氏夫妇已亡故。林氏夫妇膝下无子，曾氏痛感林家无人奉祀，请其神主牌位回靖海祭拜，并立下规矩：除长子外，余子俱姓林，半曾林之姓由此产生。如今祠堂大堂悬挂的牌匾“笃恩堂”，大门的挂匾“怀德报恩”，都在为这段报恩故事作注脚。

半曾林祠堂

那年的英歌舞和豆辑……

所城往西3.8公里，便是当地一处著名的景观——客鸟尾石笋区。客鸟，在地方话中意为喜鹊。客鸟尾石笋区由一个伸入海中的小山头和周围一片片或联结或分散的大小石头组成，因有大石经海蚀后样貌似客鸟之尾而得名“客鸟尾”。这片海滨石笋区在大自然的“鬼斧神工”长年累月的雕琢下，形成难得一见的怪石景观，让人叹为观止。

所城的文化氛围也很浓厚。说起当地的非遗，向导陈锋如数家珍：“我们的英歌舞、潮剧、靖海豆辑制作等，都是很有名的。我们正准备振兴古城的文化，规划成立书画、象棋、摄影、潮乐等文化协会。”

靖海所城附近的客鸟尾石笋区

靖海英歌舞，相传始于明朝中叶，表演形式与海丰、陆丰同类节目相似，故称为“南下英歌”（南下，意即潮境之南）。靖海歌舞的表演团队由靖海镇葛山村一帮小伙子自发组建，采用靖海最传统的活槌英歌形式（即传统的慢板英歌）进行表演。

靖海英歌舞传承人史裕丰谈到，庆祝春节等重大节日时，当地会表演英歌舞。不同的是，其他地方的英歌舞是注重舞蹈的舞，靖海英歌舞是注重武术的武。

一队英歌大体一分为二：刚健雄浑的扣棒为“前棚”；丰富多彩的戏曲

古城与英歌舞（方义生　摄）

片断为“后棚”，集舞蹈、戏曲于一体。靖海英歌由真人扮演，表演者化装为梁山泊三十六天罡、七十二地煞，画上不同的脸谱，头扎武士巾，一色武士打扮，其中前36人双手各执尺许木棒，后72人握手鼓、执鼓棒。

英歌舞出演时，表演者身上挂有一绸质红幡，上写班名。开始时，由一领队人手执“令旗”，旗上写有数字号码，表示要表演第几套英歌舞。一名化装的玩蛇少年（时迁）走在英歌队最前排引导英歌队前进。接着，随锣鼓节奏，108人手舞木棒，两相扣击，木棒随击打在五个手指间旋转，这种表演称“活棒”，再配上好看的舞蹈肢体动作，分外精彩。

靖海的传统英歌独具特色，比如有自己的乐谱、唱谱，表演动作重视下盘的稳定性，讲究步法的灵活多变，多有扭拐动作（如骑龙步、拐步、盖步等），使身体可以灵活转向。表演时大多要呼喝作声，吐气催力，以

增大爆发力，与南拳一样，有门户严密、动作紧凑、手法灵巧、重心较低的特点。

只见，舞者手上的英歌槌，舞时在指间飞速转动，令人眼花缭乱。轮到表演套路时，却有以抡、劈、戳、撩、舞花等组成的套路，暗合棍法之要诀。所以靖海的活槌英歌在表演时既有令人赏心悦目的美感，也有南拳虎虎生威之气势，令人有荡气回肠、酣畅淋漓的感觉。可以说，靖海的英歌舞，是舞也是武。

在所城还有另一项非遗项目，那就是靖海景屏。靖海景屏，融合了力学、美学、杂技等元素，是传统文化艺术的综合体现。据考证，靖海景屏始于清嘉庆年间的甲子年（1804），已有200多年的历史。每一个景屏的创作都有一个故事场景，制作景屏的过程则称为“藏景”，景屏上的孩子会根据

靖海所城内的景屏游行

城墙和民居

需要穿戏服，化戏妆，称为“景童”，景屏游行叫“营景”。每一景屏都可以形成一个故事，是一种流动的舞台戏剧造型，也叫“活景屏”，有着极高的欣赏价值和艺术价值。

说起靖海当地美食，靖海豆辑必定榜上有名，这是靖海的著名特产，靖海人探亲访友总爱捎上几盒。靖海豆辑采用花生、面粉、芝麻、猪油等食材制作而成，其口味香甜可口，风味独特，属点心类甜品。

沏一杯工夫茶，配上一块靖海豆辑，无尽的乡愁漫上心间。

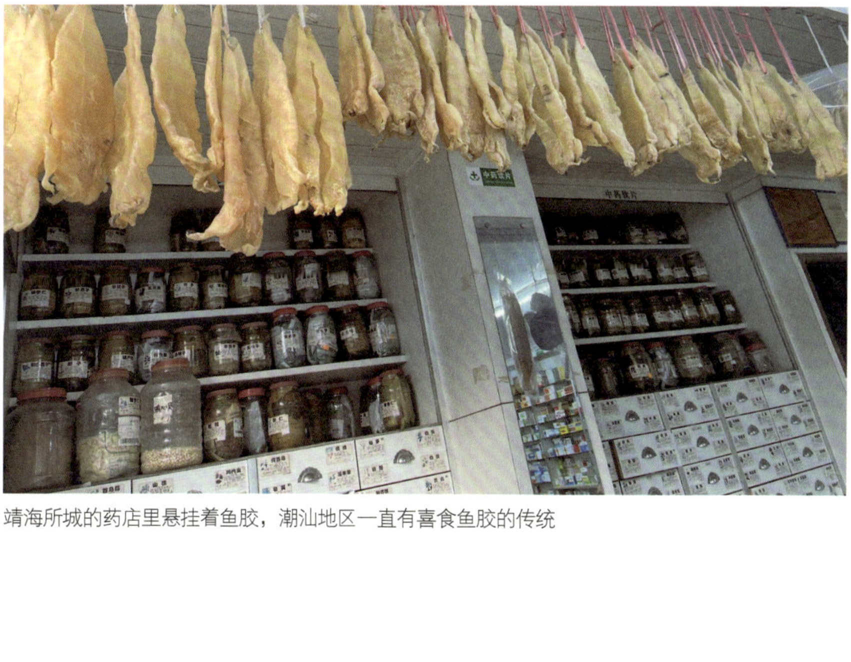

靖海所城的药店里悬挂着鱼胶，潮汕地区一直有喜食鱼胶的传统

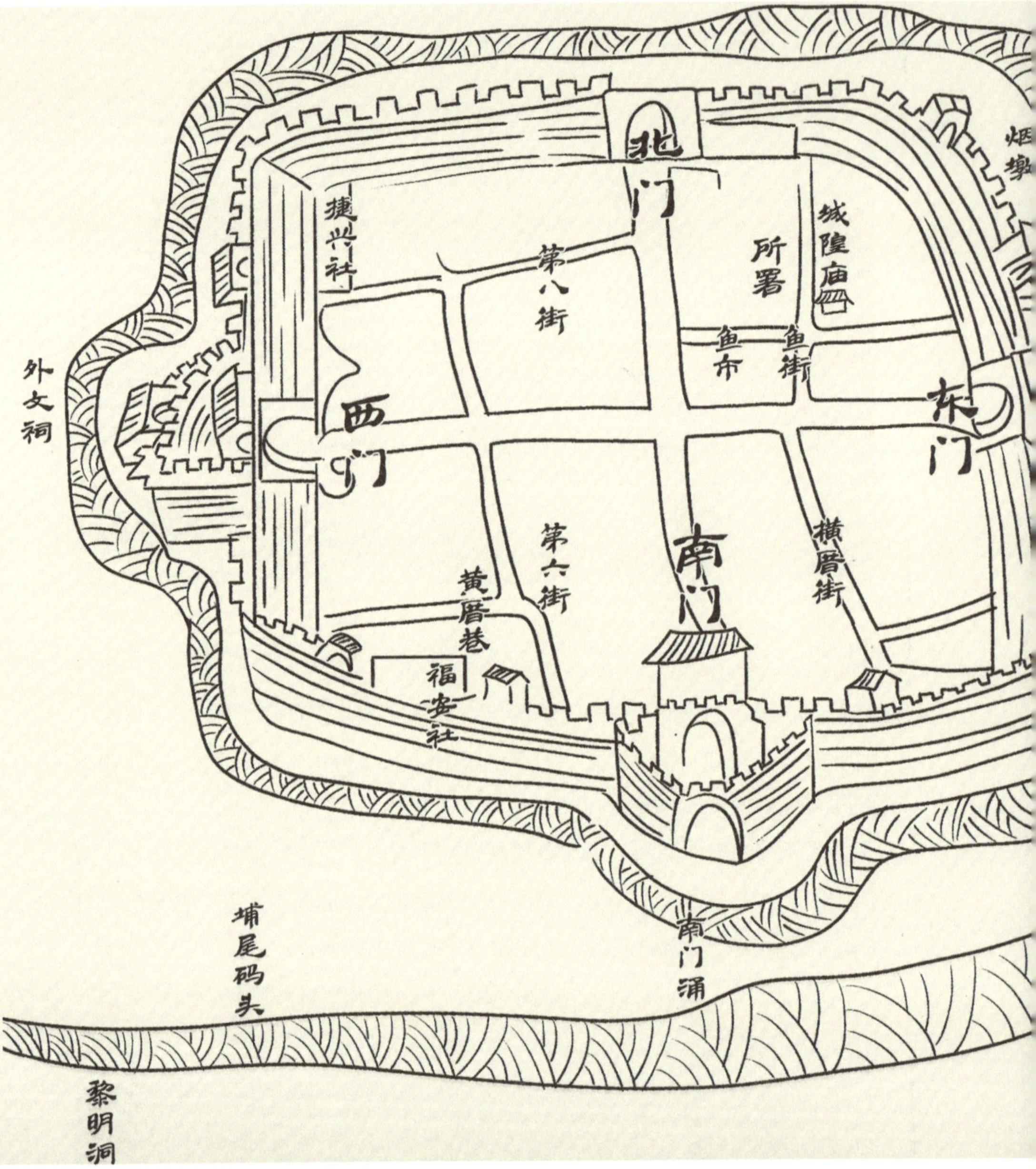

公元1927年

捷胜所城毁于兵燹，大革命失败后不久，城墙又被陆续拆毁，墙基变成了环城大马路，现只残存西北面的一角土墙

公元1933年

捷胜天主教堂殷神甫开始在捷胜沿海的沙坑、牛肚、东坑及沙角尾等文化遗址进行长达四年的挖掘、采集。随后的一系列研究推翻了西方学界认为『南中国没有新石器文化』的历史定论

捷胜所城

文捷武胜风华美　六百年城大雅乡

明洪武二十七年（1394）

广东都指挥使花茂奏立捷胜所城

明洪武二十八年（1395）

千户侯良创建所城，周围四百七十二丈，高一丈五尺，马路宽一丈二尺，垛口四百四十个，城楼四座，北门无月城，配防炮一十七位

明万历十二年（1584）

千户汪如圭重建捷胜所城

清康熙二十三年（1684）

清廷开放『海禁』，汕尾沟通海外，连通八方，逐渐繁荣。捷胜因龟龄岛上有充足的淡水供应，成为『海上丝绸之路』的重要补给站

俯瞰今日捷胜所城

汕尾市捷胜镇，古称捷琅埔。明洪武二十七年（1394），广东都指挥使花茂以海丰滨海，奏立守御千户所。洪武二十八年（1395），千户侯良创建所城，初名“捷径”，取“终南捷径”之意。后改为“捷胜”，有抗倭“联捷必胜”的吉祥寓意。捷胜所城内设文武所署、镇抚司、吏目厅、军械局、永积仓、旗纛庙、狱房等官方机构，城外有东校场、西校场、水寨、哨所、烟墩、船坞等军事设施。这里不仅是明清两代极其重要的海防重镇，也是粤东地区的历史文化名城，是著名诗人李汝伦先生诗中的“六百年城大雅乡”，是民俗学泰斗钟敬文教授盛赞的“到处流淌着文化的地方”，也是如今吃货们流连忘返的美食天堂。而捷胜沿海发现的沙坑文化遗址群，更是填补了南中国新石器时代历史的空白。

“龟蛇锁水口”，所城古与今

在捷胜城内西北角，民房瓦屋间，矗立着一截古城墙，墙体坑洼，苔痕斑斑，这就是有600多年历史的捷胜所城所残存的城墙一角。

捷胜城北倚宝楼山，朝向南海，以南门石岗魁星石为“案山”（正对着的山），案山往外两侧的海面上有形似长蛇的菜屿和像巨龟的龟龄岛，捷胜城因此有“龟蛇锁水口，奎石作印斗”等古语。《惠州府志》记载曾经的捷胜所城：“城高一丈，广一丈五尺，周围四百七十二丈，雉堞九百四十，池深一丈，广八尺……”折合今制，四周城墙全长1.6公里，分东西南北四门，建四座敌楼，三门建有瓮城，城内辟东西南北四条大街，呈十字形。

“捷胜城呈直角梯形，周高中低，像捕鱼的渔罾，所以别名罾城。”汕尾市地方志专家赖杉昌介绍说。1927年，捷胜所城毁于兵燹，之后城墙又被陆续拆毁，墙基变成了环城大马路，现只残存古城墙西北一角。

城墙不再，但沿着环城大马路，也就是当年的墙基在城内走走，依旧可以隔着时空领略600多年前城内的风貌。

捷胜所城残存的一截古城墙

当年捷胜所署衙门位于所城东北角附近的后山头，古称“厚山”“鹤岭”，如今这里是捷胜镇政府所在地。衙门东侧不远处就是城隍庙，与城隍庙一墙之隔的凝波寺，相传还先于捷胜城建成。经历六百年风雨，这一寺一庙都保留至今。赖杉昌介绍说，城隍庙以前的面积要比现在大得多。城隍庙前有明代古戏台。赖杉昌特别指出古戏台上“内含乾坤”：“戏台内侧上方，有两个倭寇吃力地扛着横梁，这是特别有意思的‘倭寇扛梁’，记录了当时抗击倭寇的历史。”

相传旧时的戏曲艺人若能在捷胜后山、陆丰龙山、汕尾凤山三个戏台站得住脚，“过三山”后，就能享誉整个海陆丰了，因为这“三山”的“戏雕刀”颇多。赖杉昌解释说：“所谓‘戏雕刀’，相当于现在的剧评家，就是哪部戏唱得不好，或某个细节有瑕疵，台下很多人都可以指出来。这也说明捷胜文人比较多，比较懂戏。”如今，古戏台已成为“捷胜镇新时代文明实践所·百姓舞台”。汕尾三大剧种正字戏、白字戏和西秦戏[1]还时不时在古戏台演出。

古戏台上“倭寇扛梁”

① 正字戏本名正音戏，用中州官话唱念；白字戏名为“海陆丰白字”，又称“南下白字”，用汕尾方言唱念；西秦戏又称乱弹戏，表演风格粗犷豪放，长于武戏。这三个剧种都是汕尾市地方传统戏剧，皆入选国家级非物质文化遗产。

内文阁内虽然已不见昔日的会魁楼，但仍可见当年约台上的文昌阁及若干碑刻

在捷胜，承续原有功能的地方还有很多。譬如位于所城南门的内文阁，俗称“文亭”，原址相传为明代学官官署，在清代是正规学馆。300年来学脉不断，后来是捷胜中心小学所在地，现在又成为幼儿园。而位于捷胜所城西郊的外文祠，现为捷胜中学。

到处流淌着文化的地方

康熙二十三年（1684）海禁开放，汕尾沟通海外，连通八方，逐渐繁荣；而捷胜因龟龄岛上有充足的淡水供应，成为“海上丝绸之路”的重要补给站，本地殷商富户也大都到省港营商。经济繁荣带来了文化鼎盛，康熙中叶开始，捷胜科举人才辈出，在当时海丰县享有“金捷胜，银梅陇”之誉。

捷胜城除官办学校外，各大姓氏都崇文重教，多兴办私塾。现坐落于北门中街太平巷的“赖氏家塾”原名“松阳家塾”，自乾隆年间创建伊始，坚持蒙学教育，直至民国后期。“这就是我的老家了。”赖杉昌笑着说，“捷胜赖氏子弟及外嫁女的子弟都可以进来读书。”

走进这座尚在修缮中的古建筑，中堂上方有彰显功名的“文魁”“武魁”等古牌匾。而中堂屏风上镌刻的竖排榜书大字“颍川”，则是按照清末湖北巡守道员谭泽闿所书加刻的。谭泽闿是民国著名政治家谭延闿的弟弟，

捷胜是“海上丝绸之路”的重要补给站，经济繁荣带来了文化鼎盛，在旧时海丰县享有“金捷胜，银梅陇”之称

两兄弟都是近代很有名的书法家。

据介绍，因为屯军文化，捷胜姓氏较多，据统计有128个，其中近半是驻军后代。赖杉昌说：“我所熟知的比较知名的军户后代有北门的朱氏、南门的张氏、龙头乡的李氏。捷胜赖氏也是清代军户在这里定居的代表。崇文重教、书礼传家，是捷胜各大世家的家风。”

与邻近的惠东平海所城一样，捷胜这里也有“军话”，就是外来语言跟本地语言融合形成的一种特殊语种。

为什么捷胜有“六百年城大雅乡”之美誉？赖杉昌解释说：“汕尾地处惠州、梅州、潮州中间，融合了广府、客家、潮汕文化，而捷胜从建城设所之初就有屯军文化。最初的驻军多来自山东、安徽等省，而不同时期的补员、调防等则更是带来了多元文化。”特殊的地缘因素、多元的先民成分，让捷胜所城虽处南粤之隅、红海湾之滨，却携中原、川陕、闽浙文化之大雅，糅合本土文化，形成了特有的人文环境。

一席流动的古建筑盛宴

走在捷胜街头，会发现祠堂多，名人故居多。比如，沿北门街到十字街口，路边就是黄育黎诊所故址。黄育黎诊所是中国核潜艇总设计师、共和国勋章获得者黄旭华院士的父亲黄树榖医师、母亲曾慎其医师于1919年在当地创办的，后来诊所迁往田墘，这里就改成了药房。

从十字路口漫步到东门，能遇到古建筑蔡氏宗祠，而往前几步就是林氏祖祠。明清、民国时期，捷胜书画界人才辈出，尤以“许家梅、林厝竹”远近闻名——贡生许兆寅擅画梅，书画奇才林大蔚擅画竹，两人都享誉惠潮梅地区。此外，捷胜在近现代还涌现了一大批文化名人和革命名人。

捷胜建筑业历史悠久，有“建筑之乡”的美誉。“捷胜建城后，明朝随军的‘住班工匠’就集体居住在埔尾村。工艺一代代传承、发扬光大，埔尾村就成了有名的建筑之乡。二十世纪八九十年代北京故宫的部分维修工作，

嵌瓷工艺构图雄伟、色彩浓艳

就是埔尾村的工匠去修的。”赖杉昌介绍说。

捷胜所城就像一席流动的古建筑盛宴。木雕、壁画、灰雕、石雕、泥塑等“处处有戏”。尤其是屋脊上的嵌瓷工艺，让人不由得联想到，100多年前安东尼·高迪在巴塞罗那设计的奎尔公园和巴特罗公寓，竟和嵌瓷这一潮汕特有的建筑工艺有异曲同工之妙。

据介绍，目前捷胜户籍人口5万多，常住人口2万多。走在捷胜街头，道路整洁干净，虽商铺林立，但没有喧嚣和熙攘，没有满眼的旅游纪念品，有些地段还像极了日本京都的街巷。路上行人眉眼温柔，惬意安然。

从内文阁出来，遇到一个粿卷摊档。粿卷有些类似于广州的肠粉，是捷胜日常美食的一种。粿卷之外，重糕粿、马鲛丸、薄饼、龙舌酥、绿豆糕、

煎海胆

捷胜糕点小吃种类繁多

纸牌糕……还有数不尽的海鲜和名贵海产品。当地人最为推崇的海鲜是海胆，海胆刺身、腌制海胆、生煎海胆、海胆炒饭，做法繁多。

宜人的气候，淳朴的民风，秀丽的风景，悠久的历史，浓郁的人文气息，捷胜镇的风华值得细细探寻。

南中国的新石器时代文化——沙坑文化

捷胜所城建城在600多年前，但在6000多年前的新石器时代早期，就有先民在沙坑、东坑一带渔猎生息。

沙坑文化遗址群的发现和沙坑文化地位的确立，有一个漫长的过程。

1933年，捷胜天主教堂殷神甫在捷胜教友的协助下，在捷胜沿海的沙坑、牛肚、东坑及沙角尾等文化遗址进行长达四年的挖掘、采集，共获取石器、陶器及陶片10余箱，随后与汕尾基督教福音医院院长、英籍医生裴义礼合作，将文物偷运到香港。英籍神甫、考古学家丹尼尔·芬戴礼在香港发表了13篇有关首次发现汕尾埔上墩遗址的论文，推翻了西方学界“南中国没有

黎明洞

捷胜镇沙坑文化博物馆。沙坑文化可以上溯至5000多年至6000年前

新石器文化”的历史定论。

1936年，汕尾天主教堂总管的意大利神甫麦兆汉（一作“麦兆良”）连续10年，辗转于捷胜沙坑、东坑、牛肚、沙角尾及汕尾其他文化遗址，共收集文物1万余件。

1942年3月，我国著名民族学家杨成志博士（汕尾人）和考古专家顾铁符到海丰考古，发现颇丰。后来，这些文物被运回坪石原中山大学研究院文科研究所用作南方考古教材标本，培育了一批考古人才。

麦兆汉把沙坑北、沙坑南、东坑南、沙角尾等地的考古发现，以“沙坑文化”命名。后来，他根据汕尾史前文物资料及考古笔记，撰写了多篇论

文，论证了沙坑文化与黄河流域的仰韶文化有着直接的关系，是新石器时代最早到达粤东的文化。

2003年，时任广东省文物研究所副所长邱立诚教授率专业技术团队到捷胜考察，对沙坑遗址出土的石器、陶器作鉴定，确认沙坑文化可以上溯至5000多年至6000年前。

沙坑文化属于岭南文化的一部分，填补了南中国新石器时代历史的空白。在这些历史文化遗址中，“沙坑北文化”的沙坑北遗址、东坑中遗址属于新石器时代早期；“沙角尾文化”的沙角尾遗址属于新石器时代中期；“菝子园文化”的沙坑南遗址、东坑南遗址、牛肚一遗址、牛肚二遗址属于新石器时代晚期；“宝楼文化”的东坑北遗址、沙坑中遗址属于青铜器时代。

为保护古老的历史文化遗产，科学普及沙坑文化，弘扬捷胜文化风俗，2019年，捷胜镇将空置的沙坑小学原校舍改造升级，建设了捷胜镇沙坑文化博物馆。

2021年11月初，中国社科院考古研究所首席研究员、著名考古学家唐际根一行到捷胜镇调研沙坑文化，对其所蕴含的考古研究价值给予了高度评价。他说：“红色文化的味道、海派文化的气息、沙坑文化的韵律……每一处不尽相同，每一个故事都耐人寻味，从不同侧面揭示着捷胜镇软实力的密码。发掘着故事，记录着故事，也成了汕尾故事的传递。”

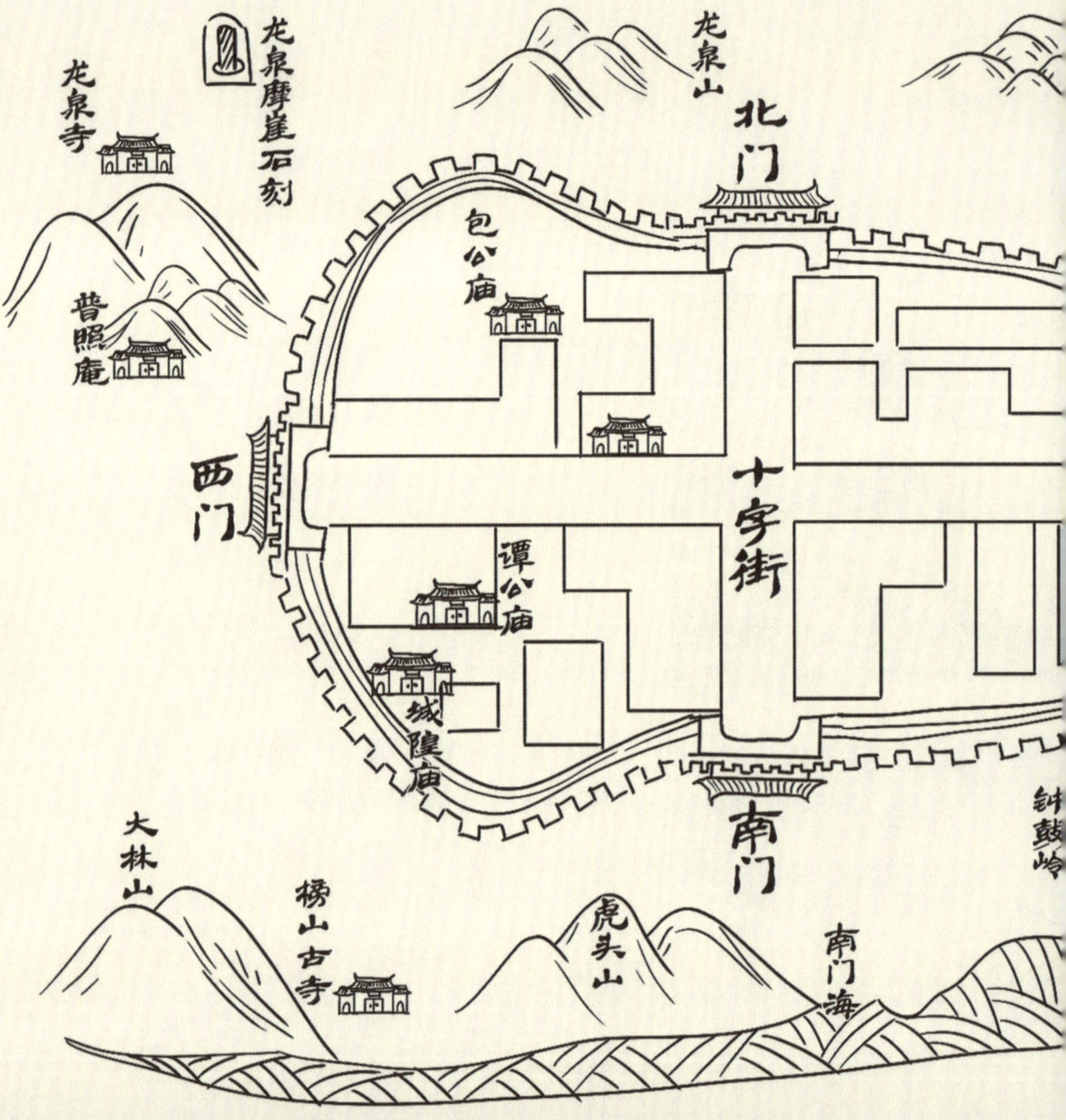

清雍正十年（1732）

改千户所为巡检司，又设平海营参将署、平海营中军守备署，设平海仓，为直隶归善县的屯粮机构

公元1991年

平海所城被广东省人民政府列为第一批历史文化名城（镇）

公元2021年

平海十字街历史文化街区入选广东省第二批历史文化街区名单

平海所城

势扼八方『钟城』在
走遍天下有『军声』

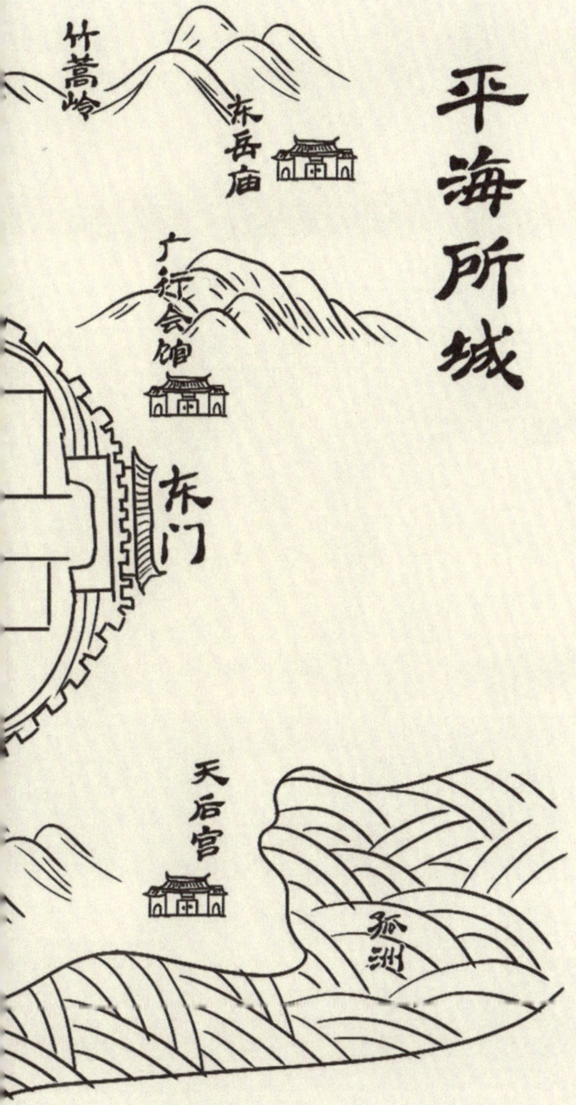

明洪武十八年（1385）

杨勋等人奉旨来惠州府归善县平海筑城防御海盗

明洪武二十七年（1394）

平海所城建成，周围五百二十丈，为四门，敌楼、角楼各四

明永乐三年（1405）

平海所城内的城隍庙始建，每隔三年的农历九月都会举办一次城隍庙『打醮』活动

清康熙四十三年（1704）

顺德镇标左营移驻平海，集官兵八百三十八名

俯瞰今日平海所城

广东惠州市惠东县平海镇，是广东省人民政府1991年2月公布的第一批历史文化名城（镇）之一。有600多年历史的平海所城（当地人习称平海古城）地处惠东县最南端，面临南海，东靠红海湾，西倚大亚湾，历来是海防军事重镇，被誉为研究岭南军事史的一块“活化石”，也是岭南地区唯一现存、较为齐全的古老所城——东西南北四大城门完整保留，明代城砖依稀可见，十字老街贯通四方，七星古井对应排列。这里流传的“军声”是中国汉语方言中的一朵奇葩，独特的渔歌与戏剧至今仍唱响在城内百姓家，方圆不到4平方公里的古城便有两种特色非物质文化遗产，无论是寺庙文化、民间艺术还是本地风俗，都显得独特别致又绚丽灿烂。

四大城门固守“钟城”

平海古城始建于明朝洪武十八年（1385），建成于洪武二十七年（1394），因城形似燕尾古钟，又被称为“钟城”，是一座守御所城，主要用于抵御外侵。

明朝初年，广东都指挥使花茂与世袭千户杨勋奉旨到平海建城造池，并制定卫所制度。平章廖永忠、参政朱亮祖率兵平定广东后，“以岛夷之患”在此设置平海守御千户所。清雍正十年（1732）改千户所为巡检司，又设平海营参将署、平海营中军守备署，设平海仓，为直隶归善县的屯粮机构。辛亥革命后，改归善县为惠阳县，平海废司设区。新中国成立后，惠阳县东部地区被分出来，设立惠东县。1965年后，平海一直隶属惠东县管辖。由于平海古城的原居民来自全国各地，因此各地的宗教信仰、民俗文化、民间艺术也随之进入平海。

秋日清晨，穿过平海所城西门斑驳的红墙城门门洞，走入这座所城时，历史交错的时空感仿佛为城门内外隔起了一道隐形的屏障，城外是川流不息的熙攘交通，城内则令游人不自觉地放缓脚步，闲听渔歌。

“西门是游客进来的第一站，也可以说是古城景区的正门，是四个城门里最雄伟的一座，游客们都喜欢在这里留影。”向导

平海所城西门，气势最为恢宏

平海所城的东门及其“钟耳”

陈晓晖说道。四大城门现在都对公众免费开放，各有不同的神像供古城百姓和游客祈福祭拜。陈晓晖是土生土长的平海人，另一位向导张俊俭则是古城内多处文物古迹保护的负责人。

对平海所城来说，四个完整保存的城门是这里最有别于其他岭南所城的地方，也为古城构造出了高空俯瞰下的“古钟”轮廓，因而平海所城也被称作“钟城”。“其中东门是最有特色的，有一个‘钟耳’。”陈晓晖说。所谓“钟耳”，是指城门正前方有一道弧形高墙，与东门相连，上端筑雉堞，封闭的弧形区域形似一个耳朵，只有一道小门对外开放，“如果有敌人从东门来犯，入城会先进‘钟耳’，那么城楼上士兵可将其猎杀，类似‘请君入瓮’吧”。

而南门则被叫作“天子门”。平海所城三面环海，南门是正对南海的门，它和东门在古时受倭寇侵扰最频，因此南门城楼大殿上供奉的是“武圣”关羽像。城楼上还有许多炮台遗迹，诉说着数百年前小城抗击外敌的峥

平海所城北门及城内的民居

嵘岁月。至于北门，则是古时所城与外界进出联络的通道，因此也是人流交通汇集之地，至今北门处依然是商铺林立，人来人往。

十字老街“宝藏”多

平海镇平海社区提供的资料显示，目前平海所城范围内建筑物共有1582处，其中明、清时期建筑493处，民国建筑240处，保存仍比较完整的历史古建筑共有10余处。

平海所城内唯一能把四个城门尽收眼底的位置便是十字老街的中心，整个平海所城的住宅、商铺、庙宇、学校等建筑，也都是围绕十字街展开，分为四块，并逐渐向城外延伸。2021年3月，广东省第二批历史文化街区名单公布，平海十字街历史文化街区位列其中。沿着十字街延伸出来的小路，可分别通向城隍庙、刘氏大宅、曾氏大宅和七星井等特色之地。

古城内的城隍庙

说起城隍庙，它始建于明永乐三年（1405），数百年来经历过修而复毁的过程，如今这座是1988年由当地群众和香港同胞集资再建的。庙前有一座六角古亭和戏台，据张俊俭介绍，这里每隔三年的农历九月都会举办一次城隍庙“打醮”活动，所有村民包括外地的子孙都会尽量回来吃斋饭并参加巡游活动，是古城里三年一度最为热闹的民俗盛会。张俊俭说：“斋醮期间家家户户张灯结彩，敲锣打鼓，大家都会把家里最好的东西摆出来放在路边，同时巡游队伍也是有各种表演，舞狮、舞龙、舞凤和舞鲤鱼等等，非常热闹。”

城中另一个广为人知的古迹是“七星井”。这七口井在古城建造之初就被打出来，相传是参照了天上七曜的方位，分布在城内各处，也有传说七星井寓意着日、月、火、水、木、金、土这七星背后的神明。这七口井在过去

平海所城内庙宇及屋顶上的龙饰

古城里的传统建筑装饰工艺——灰塑和嵌瓷

古城人家

几百年来发挥着为古城百姓提供日常淡水的重要作用。“我们小时候家里都用过这井里的水，”陈晓晖回忆道，“雨季时水的味道淡一点，冬季浑浊就咸一点。”

平海所城内还有两处尚未完全开放的望族私宅，即刘氏大宅和曾氏大宅，它们是古城内保存得比较完整且具有历史价值的旧时住宅，可谓处处“藏宝”：从庭院精美的砖雕，梁壁灵动的彩绘，到窗棂上的瑞兽以及镂空的浮雕，都兼具艺术美感和考古价值。“刘氏大宅是我们这边人人都知道的一位被叫作刘四爷的古代盐商的旧宅，当年可谓富甲一方。”陈晓晖介绍说，“曾氏大宅的宗祠、门庭、花园和书房都是全镇最大的，曾家祖辈以家学严谨闻名，多人中过进士、举人，其族人的功名、官职在平海所城里首屈一指。”如今，两大氏族祖辈的故事仍在古城广为流传。

平海所城民俗“舞鲤鱼”的道具

从“军声话”到“舞鲤鱼”

据《惠州府志》《归善县志》等文献记载，平海所城建成之初，早期以军户形式迁入平海的氏族籍贯大多为湖北、江苏、浙江、安徽、福建以及广东，后期又因为商贸发展而吸引到了第二批移民，包括潮汕、梅州、广州等地也有许多人举家住进了平海所城，最兴旺时古城及其周边的人口总数达到近2万。

张俊俭表示，古城内目前常住人口有六七千人，许多年轻人离乡在外打拼。“不过，无论外出走到哪儿，平海人都有一个非常独特的‘接头’方法，那就是讲上几句‘军话’。”

这种属于平海所城的特有方言听上去抑扬顿挫，具有音乐性，比粤语更容易被人听懂。“毕竟军话其实还是以北方话为基础，融入了粤语、客家话、闽南语、潮汕话等，我们这里有个说法就是‘会讲军声话，走遍天下都不怕’，”陈晓晖说，“就是说学会了军话，再去学普通话、粤语、潮汕话那些都会方便很多。”

语言学家潘家懿教授曾研究指出，军话就是明代军人所讲语言的遗存，

西门外的舞鲤鱼（汪洁　摄）

早期以北方中原官话为基础，在演变过程中大量吸收了粤闽客等方言的成分，才逐渐形成了如今的军话。而除了平海所城外，广东的其他几座所城，例如海丰的捷胜、陆丰的碣石，也都有人会讲这种古老的语言，不过像平海所城这样至今仍有大量人口可以驾驭军话的地方，可能就只此一家了。令人遗憾的是，对汉语研究有着重要价值的军话也正濒临消失。“父母包括到我这一代还是大部分人会讲军话的，但我们的下一代大多数小孩子就不太会讲了。”陈晓晖不无担忧地说。

和军话一样需要更多后辈来传承的还有古城里的舞凤、舞鲤鱼以及渔歌等非物质文化遗产。省级非物质文化遗产舞鲤鱼的传承人彭惠清师傅说，舞鲤鱼是古城西北村独有的表演，和东门村的舞凤一样是古城文化汇演必有的重头戏。舞鲤鱼起源于清朝，演出时一般由10个孩子手持红、粉、黄、蓝、白等不同颜色的鲤鱼模型起舞，动作生动、活泼，富有浓厚的民间乡土气息。

每年正月的“摆盘”活动

每年正月十六日，平海古城北门附近的西北村都会举行盛大的“摆盘”活动。这一习俗起源于明朝嘉靖年间，如今主要有城内的西北村和城外的西元村还保留着这一传统民俗，前者会在正月十六晚上举行，后者则是安排在正月二十晚上。

所谓“摆盘”，即盛典当晚，村里的各家各户都会准备各种材料，以瓜果、蔬菜、鲜花等为主，精心制作成花样繁多的造型，放在盘里，然后按顺序摆设在街道两边的八仙桌上敬神以及供游客参观。

据平海当地民俗专家汪洁介绍，明朝建所城之初，由于倭寇侵扰，古城将士出征御敌常常牵动着城内居民们的心。有一次，出征将士大捷归来，城内百姓为表祝贺欢迎，自发摆出果、酒等食品在街道上犒劳将士。后来每

每年正月的“摆盘”活动（汪洁　摄）

当将士凯旋，平海古城的百姓都会按此规格迎接。久而久之，平海就形成了“摆盘”这一当街集中摆放美味进行庆祝的风俗。

明代摆盘以现成食物为主，但入清后由于朝廷实行海禁，当地食物一度匮乏，村民们只好拿出家中的装饰摆件也用以摆盘。直到康熙二十三年（1684），始开海禁，商贸繁荣，村民们的摆盘习俗又恢复为以现成食物为主，但受到装饰摆件影响，便将食材融汇手工艺品造型，创造出更多富有艺术美感的摆盘作品。发展至今，摆盘已经演变成各家各户评比手艺的习俗。从2006年开始，西北村民小组摆盘都会由观众评选出一、二、三等奖，以资鼓励。

摆盘当日，凡是村里当年（或去年）结婚或生育子女的夫妇，俗定要来参加集体摆盘的准备工作。有的人会用面粉团捏出各种动物、人物形象，有的会将红萝卜、白萝卜雕成花鸟鱼虫造型，还有的把红枣、花生米等堆成宝塔，或者用菊花、玫瑰花、茶花、芙蓉花、石榴花做成花艺作品等等。此外还有盆栽、工艺品、果盘、糖果、糕点以及烤鸡、烤乳猪等展品。摆盘从下午三四时开始陆续展出，供人欣赏、点评。到了晚上七时左右，摆盘达到高潮，有数百盘之多。整个盛事一直持续至次日天亮，村民们才将各自的展品收回。

如今摆盘不仅是平海全城的盛会，也吸引了不少来自惠东其他乡镇和珠三角等地的人们，甚至港澳同胞也赶来凑热闹，成为平海古城一道新的风景线，更成为一个旅游节日。每一个参与其中的人，通过观赏摆盘，祈祷一年的安康与彩运。

平海鱼饼与古城薄饼

在惠东平海，街头巷尾有很多平民特色美味，非常适合访客们边吃边逛，其中赫赫有名的当属平海鱼饼和古城薄饼。

作为一个滨海古城，海鲜类食物自然是平海人餐桌上不可少的美食，而鱼饼则是一种佐餐小吃，更具街头特色。鱼饼可以直接吃，入口爽脆，味道鲜美，也可以用来炒菜和煮汤。炒菜时适合将鱼饼切片或切丝炒肉、炒酸菜、炒豆芽、炒芹菜等，煮汤则通常用来做鱼饼紫菜汤。鱼饼深受食客喜爱，以至于有人说：“不吃鱼饼，枉走平海一遭。”

相比之下，古城薄饼的吃法则更简单方便，它是用薄如蝉翼的面皮，包着可口的馅料做成的，饼皮与馅料结合在一起，带有韧劲，馅料可甜可咸，吃起来香脆可口，也是平海镇家喻户晓的小吃。

此外，在平海所城的小巷里，还有一种用红薯粉制作的甜汤小吃，叫作薯粉圆。一片片的薯粉圆由红薯粉制成，泡在冰镇的糖水里晶莹剔透，再加上一个香甜的糖鸡蛋，游客们逛累了，坐在小店来一碗，清热解暑，好不自在。

至于餐桌上的特色海鲜，当地人就比较推荐一种名为“海鸡脚”的海螺，也叫“狗爪螺”。这种螺生活在海流交换较为频繁的岛屿礁石缝隙里，因为它的生长环境对水质要求很高，所以是一种比较珍贵的海鲜。它的微量元素含量高，味道鲜甜，在当地一些知名食肆都可以吃到。

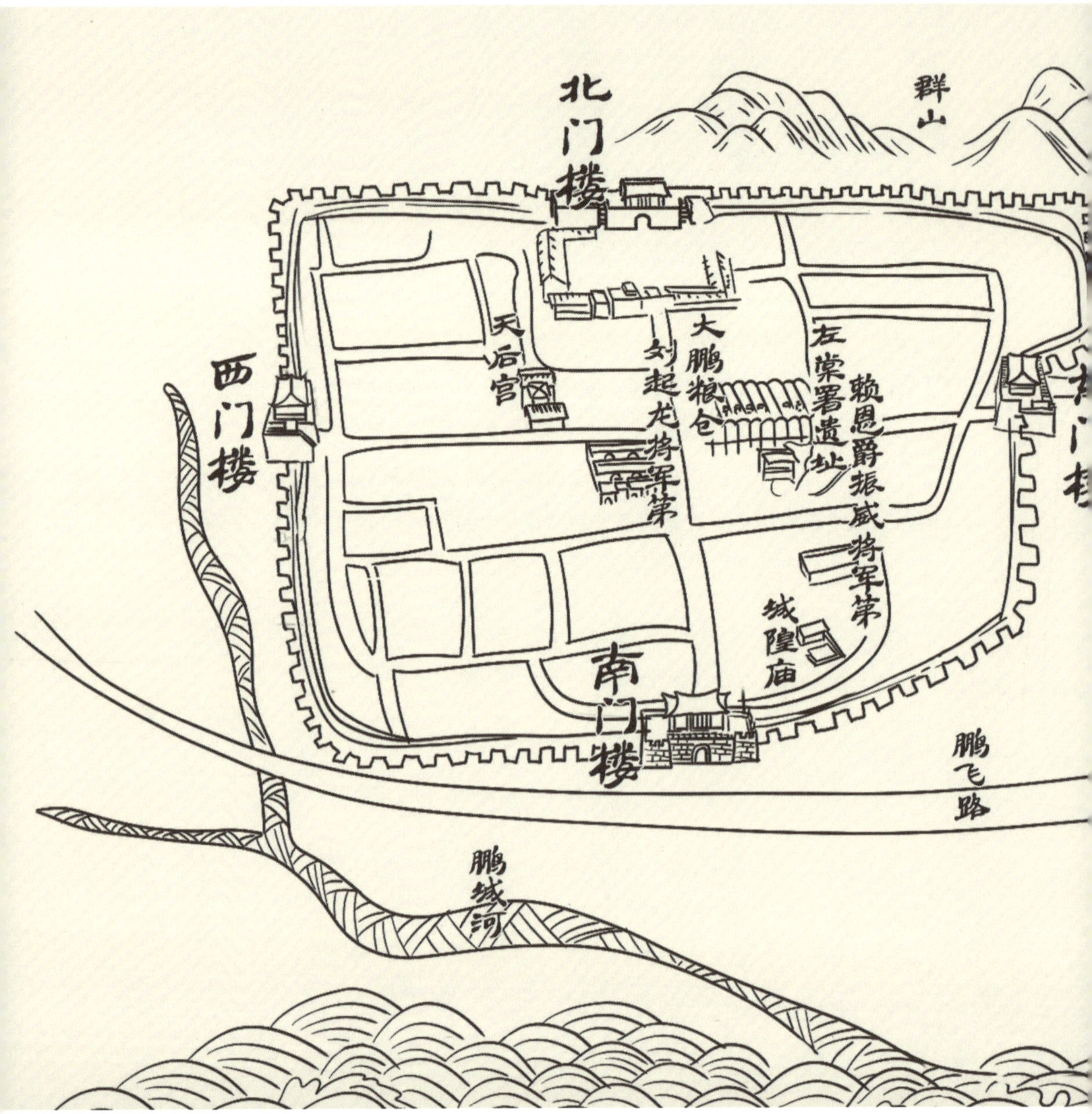

清嘉庆十五年（1810）

出于海防需要，清政府在广东增设水师提督，驻扎虎门，下设五营。大鹏水师营改为虎门所辖外海水师营

清道光二十年（1840）

为防外敌骚扰，加强海疆防务，清政府又将大鹏营提升为大鹏协，统领左、右两营，还组织海上巡逻，进一步加强深圳（包括香港）地区的海防力量

公元2001年

大鹏所城被中华人民共和国国务院公布为第五批全国重点文物保护单位

大鹏所城

威镇东南第一所　万里鹏程泰运开

大鹏所城图

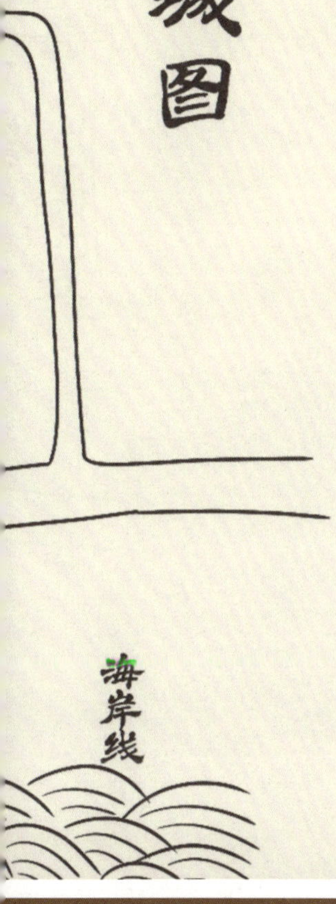

明洪武二十七年（1394）
始建大鹏所城，全称『大鹏守御千户所城』。所城平面呈方形布局，城墙上有雉堞，并辟有马道，有东西南北四个城门，城外环绕护城河

清康熙七年（1668）
并大鹏所防守营入惠州协，归惠州协副将管辖，时该营官兵凡400员名

清康熙四十三年（1704）
改大鹏所防守营为大鹏水师营，官兵931名，防所大炮共168位

俯瞰今日大鹏所城

大鹏所城，位于深圳大鹏新区，全称“大鹏守御千户所城”，始建于明洪武二十七年（1394）。据清代《新安县志》记载：“大鹏所城，在县东一百二十里大鹏岭之麓……内外砌以砖石，沿海所城，大鹏为最。”所城平面呈方形，占地约11万平方米。城墙由青砖和麻石砌成，墙基宽5米，墙宽2米，高6米，城墙总长约1200米，城墙上有雉堞（城垛）654个，并辟有马道，有东西南北四个城门，每个城门上有一座敌楼，两边设四个警铺。城外环绕一条长1200米，深3米，宽5米的护城河。城内有南门街、东门街和正街三条主要街道。

600 年沧海桑田：古城的“变与不变”

清嘉庆十五年（1810），出于海防需要，清政府在广东增设水师提督，驻扎虎门，下设五营。大鹏水师营改为为虎门所辖外海水师营，设营守备1员，把总1员，外委2员，军士250名，分防兵590名。1840年，为防外敌骚扰，加强海疆防务，清政府又将大鹏营提升为大鹏协，统领左、右两营，还组织海上巡逻，进一步加强深圳（包括香港）地区的海防力量。

所城最初为防倭而建，以固边戍海，抵御倭寇。鸦片战争后，英人占据香港，大鹏城所辖地区更成为抗英最前哨。因此，大鹏所城对加强广东全省海防和维护地方社会治安起到了重要作用。

“中国沿海100座所城连成的这一条‘海上长城’，在抵御海上外敌入侵中发挥了重要作用。”大鹏古城博物馆馆长黄文德，曾经从厦门一路走访到湛江，考察了众多沿海所城，他说，“根据我们的走访调研，所有所城中，保存最完整的就是大鹏所城。确实‘沿海所城，大鹏为最’。”

大鹏所城作为我国古代东南沿海地区海防卫所城池的典型代表，选址随形就势，将儒家强调的礼制思想巧妙地安排在城池建设之中，蕴含着丰富深厚的文化内涵。

大鹏所城从南到北摆开南门城楼、赖恩爵振威将军府第、左堂署遗址、协台衙门遗址等建筑，黄馆长对自己生长之地的历史概况、建筑风格和人文风情如数家珍。

众所周知“鹏城”是深圳的别称，但“鹏城”一名缘由何在？这便要从大鹏所城面前的七娘山说起。

据黄文德介绍，大鹏地名得之于所城前面的深圳第二峰——七娘山，过去它就叫作“大鹏山”，这也是大鹏地名的由来。有了“大鹏”，才有了深圳后来的别称“鹏城”。

在南门城楼下，有两个在阳光下金灿灿的招牌，一个是“全国重点文物保护单位”，一个是“中国历史文化名村”。黄文德

从高处往下看，古城建筑的屋顶和远山构成一幅美丽的画卷

馆长的自豪感在不经意间流露出来：目前深圳只有三家全国重点文物保护单位，分别是大鹏所城、中英街界碑、土洋村东江纵队司令部旧址，大鹏所城是深圳拥有的三样“国宝（保）”之一；而“中国历史文化名村——鹏城村”的金字招牌，是由原建设部和国家文物局共同公布的，首批中国历史文化名村只有12个村子入选，可以说含金量非常高。

在城墙下，黄文德还透露了一个有趣的小细节：“我们脚踩着的土地在200年前都是海水。根据考古发现，古城南墙外有一处明代码头，表明船只是可以开进来的，脚下这里以前是一个潟湖。”岁月流逝，沧海变桑田，而古城依旧，叫人感慨万千。

一块青砖、一段城墙，尽显古人建筑智慧

大鹏所城作为一个卫所城池，必然要与中国古代城池建设思想相吻合，在规划布局上体现了四方城、中轴对称、衙门居中的理想化建城理念。所城平面呈倒梯形，十字街贯穿全城，建设东西南北四座城门，街道规整，轴线分明，衙署居于城中偏北位置。

军事城防是大鹏所城营建的核心。黄文德馆长表示，中国古代建筑大都是以木结构为主。大鹏所城作为一座军事堡垒，建城时必须优先考虑的是如何把这座城守住，防御是第一要素。“所以在结构上，大鹏所城选择了拱券式结构，因为拱券式结构最为稳定、抗压，即便面对敌人的枪炮火力进攻也顶得住。”

大鹏所城四周险要，临海处还设置了五处烟墩。据康熙年间编纂的《新安县志·兵刑志》载，明代“野牛墩、大湾墩、旧大鹏墩、水头墩、叠福墩，以上五墩每墩驻守旗军五人，大鹏所拔”。这些烟墩均为大鹏所城之耳目，若发现敌情，白天以烽烟传讯，夜晚则以火光报警。

此外，在要冲部位更是严加防范，加固城垣。如城门的砖墙采用“一顺一丁”的砌法，城内其他墙则采用“三顺一丁”的砌法，因为城门是最容易受到攻击的部分，要求比其他部位更牢固，采用“一顺一丁”、犬牙交错的砌法，再以糯米和贝灰勾缝，使城墙结构更为稳固。

明代炮台（复原）

所城的排水系统也建得非常科学。据史料记载，所城600多年来没有发生过水灾。排水系统的设计利用了一个人与自然相和谐的理念——因形就势，房屋依着原来的地势高低而建。整个古城的地势中间高，四边低，北边高，南边低，像一只乌龟的背，使雨水可以往四周散去，进入鹏城河，进而汇入海里，城内终年不积水。

从大鹏所城的俯瞰图上可以发现整座古城城墙有20多个凸角，并非直线的方形结构。为什么要采用不规则的凸角设计？黄文德说："因为如果城墙是直的话，人在里面就看不到城墙根，这是十分危险的，向外观察敌人时容易被发现。这样设计可以做到'瞭望无死角，射击无死角'。"

大鹏守御千户所城——中国屯兵制的一个历史标本

大鹏所城全称"大鹏守御千户所城"，古城内至今仍保留着众多古民居，完整呈现了明朝大鹏所城建成时的规模和面貌。

远处群山掩映下的大鹏所城

夜幕下的大鹏所城南门城楼

“这是非常难得的，不仅仅是城的本体被完整保存，当年有数千人在这边种田，守边疆，他们种的田现在还在，就在所城周边，还有2000多亩地。”黄文德介绍。

“以军隶卫，以屯养军”。明朝创立的卫所制，并非单纯的军事组织，而是军事制度同地方行政组织相结合的产物，是一种寓兵于农、守屯结合的建军制度，不仅在军事上发挥着重要作用，更能促进社会稳定发展，尤其对

协台衙门遗址，也是大鹏所城最高武将的衙门旧址

边疆地区开发及民族融合作出过相当大的贡献。同时，屯田也使长期因战乱而荒芜的土地和边疆尚未开发的“蛮荒之地”得到开发。

“朱元璋曾经很得意地说了一句话：我养天下百万兵马不用花一分钱。征了一批兵以后就不用再征兵了，因为军人世袭，父亲当兵，儿子也要当兵。1000户人家，整个所城人口达到3000多人。”黄文德介绍说。因此所城不仅仅是一个军事要塞，还是一个人口众多的聚落，建筑必须考虑到生活的舒适性。至今所城里还保留着明代的民宅风格以及独特的屯兵文化，生活气息浓郁。

大鹏地区常年受台风和暑热的侵袭，所城有着自身独特的防御体系。据黄文德介绍，这里民居屋上的瓦片，弧度和曲率比一般瓦片更大，其目的就是防风。当台风袭来时，屋顶上一个瓦扣一个瓦，风怎么吹也吹不走。

除了避风，还要会利用风。大鹏所城设计了18条丁字巷，当风吹来的时候，强风通而不达，利用丁字巷来导风，使人在巷子里能感觉有微风，但风不会对房子和人造成伤害。同时，丁字巷的结构，在防卫上有利于巷战，万一敌人攻进城内，可以在丁字巷对其两边夹击。

漫步在所城内，我们可以真实地感受到，所城的每一处细节都包含了古人的智慧，处处有设计的巧思。黄文德感慨，如今很多屯兵的遗存都已经被周边地区同化，所幸大鹏所城偏居一隅，能够完整地保存下来，“真的是一个宝藏”。

站在城门楼上，守望今日的新鹏城，深圳乘改革开放的东风，取得了举世瞩目的建设成就，正如庄子所云“水击三千里，抟扶摇而上者九万里”，这正是“深圳速度”的象征。

时至今日，大鹏所城通过规划整治，依托“山、海、古城”的格局，开发建设具有观光、生态旅游、科普及爱国教育等多功能的综合旅游区，把优秀的传统建筑文化元素融入到现代城市建设之中，吸引着万千游客到来。

此外，大鹏所城牵头，会同虎门炮台，香港的九龙城，深圳的南头古城、赤湾左炮台，新会的崖门炮台等明清海防遗址，以“明清珠江防御体系”为主题申报世界文化遗产的工作正在如火如荼地进行中。

传统与现代结合的大鹏所城每年都吸引万千游客到来

大鹏所城赖恩爵振威将军第

大鹏所城将军第，三代五将威名扬

大鹏所城的主要格局、街道及建筑至今保存得相当完整，其中以赖恩爵的振威将军第最为突出。

一入将军第，四周高筑围墙，院落规模宏大，雕梁画栋，金碧辉煌，府第分东、西两座，左堂右寝。大门上横额为道光皇帝御题的“振威将军第”匾。门联也是道光皇帝所题——秀一鹏山开泰运，重班凤阙迓鸿庥。

有180年历史的门板、高高的门枕显示着门第的高贵。门上的封檐板木雕精美绝伦，麒麟、狮子、鹿、蜜蜂、猴子、麻雀……各种动物栩栩如生。黄文德表示，木雕所刻的动物很有讲究，其中“雀”与赖恩爵的“爵”谐音，“鹿”音同“福禄寿”的“禄”，“蜂”与“猴”有“封侯”之意。

“宋有杨家将，清有赖家帮。”赖家是广东的名门望族。赖世超官至广东琼州镇总兵官，封武功将军。此后，赖氏代代习武，报效国家，三代出了五位将军：

赖世超长子赖英扬，官至浙江定海镇总兵官，封振威将军，从一品；三子赖信扬，官至福建水师提督，封建威将军，正一品。赖英扬长子赖恩爵，官至广东水师提督，封振威将军，从一品。赖信扬第六子赖恩锡，官至福建晋江总兵官，封武功将军，正二品。

赖氏家族的将军数量之多、品位之高，实属罕见。

其中，赖恩爵将军一生36战，战无不胜，是当之无愧的“战神”。1839

年9月4日，大鹏营参将赖恩爵指挥各船和九龙炮台反击英军侵略，“九龙海战”爆发。赖恩爵率领的中国师船远弱于查理·义律的英军船舰，但在师船与九龙山炮台的猛烈炮火下，仍击毙英军多名，击沉一艘双桅船。

“九龙海战”是鸦片战争也是中国近代史上反侵略战争的第一战，这场战斗中以赖恩爵为首的大鹏营水师官兵表现出英勇抗争的精神，最终以少胜多，以弱胜强，沉重打击了侵略者的嚣张气焰。

林则徐向道光皇帝上奏汇报战争的过程：“英夷欺弱畏强，是其本性，向来师船未与接仗，只系不欲衅自我开，而彼转轻视舟师以为力不能敌。此次乘人不觉，胆敢先行开炮，伤害官兵，一经奋力交攻，我兵以少胜多，足使奸夷胆落。”道光皇帝在奏章段落下面朱批四字：“可嘉之至”。

为表彰将军的战功卓著，赖恩爵得到一系列封赏，其中就包括这座辉煌气派的将军第，也是大鹏古城内最大的“豪宅”。

在将军第里，有一块“还我祖愿”牌匾十分引人注目。据介绍，清政府一纸《南京条约》将香港岛割让给了英国，赖恩爵自此落下心病。道光二十八年（1848），53岁的赖恩爵郁郁而终。临终前，他召集子孙至身边，留下训诫：“吾忧朝廷腐败而忧，吾乐收回香港而乐！”

唱山歌，祭英烈……鹏城非遗灿烂多姿

据了解，大鹏新区自开展非物质文化遗产的调研申报工作以来，目前共有11个项目列入各级非物质文化遗产代表性项目名录，其中包括大鹏山歌、大鹏追念英烈习俗、南澳舞草龙、南澳渔民娶亲礼俗共4项省级非物质文化遗产代表性项目，潮俗皮影戏1项市级非物质文化遗产代表性项目，以及大鹏婚俗、濑粉仔、大鹏打米饼、大鹏凉帽、东山渔歌、东渔村天后祭共6项区级非物质文化遗产代表性项目。

此外，大鹏军语及由军语演绎的大鹏山歌堪称语言的“活化石”，当地的祈福文化活动——大鹏太平清醮，以及濑粉仔、绿丸仔、打米饼等大鹏小吃等也都是颇具特色的非物质文化遗产项目。

大鹏地处海疆要冲，自古远离政治文化中心，具有异于中原文化的边陲特点，且所驻军士来自四面八方，形成了南北交融的军中文化和独特的民俗风貌。其中，大鹏山歌就是最鲜明的例子。

大鹏山歌是大鹏地区用“大鹏话”口头传唱的民歌，流传于大鹏街道王母、鹏城、下沙、布新、水头、岭澳、水贝、叠福、大鹏等9个村落社区和南澳街道一带，形成了一个讲大鹏军语的大鹏山歌民俗文化圈。

据说，中国古代边疆、沿海地区有过28个守御千户所，也有过部分“军语方言岛”， 但是经过几百年世道沧桑，这些“军语方言岛”几乎消失殆尽，而大鹏“军语方言岛”却侥幸保存下来，演变出独特的大鹏话。

有专家认为大鹏山歌是明清民歌的一种遗存。明清时期，大鹏守御千户所城的军士来自全国各地，此地通用大鹏军语，大鹏山歌就起源于这个时期。它最明显的特征是语言的独特性，唱词混杂了北方话、粤语、客家话，当地人俗称“千音”，指的是所城当时有1200多户、1000多个籍贯、1000多种口音。

用“千音”演唱的大鹏山歌具有独特的艺术效果。它吸收了沿海渔歌、咸水歌等元素，包括山歌、嫁歌、丧歌、仙歌四种，内容上有地名歌、问答歌和情歌三种。它的表演形式灵活，唱词诙谐有趣，唱调却十分优美婉转，演唱者看到什么就能唱什么，想到什么就能唱什么，主要用于生产生活中的自娱自乐。

大鹏山歌于2008年1月被深圳市政府列入市级非物质文化遗产名录，2012年2月被列入广东省非物质文化遗产保护名录。

大鹏追念英烈习俗（大鹏清醮）是大鹏所城酬谢神恩、祈求神灵保佑平安，为安抚阵亡的无名将士和出海罹难等因灾死亡的游魂野鬼而举行的大型祭奠活动。2007年，大鹏追念英烈习俗被列入广东省第二批省级非物质文化

大鹏山歌（深圳华侨城鹏城发展有限公司供图）

太平清醮（深圳华侨城鹏城发展有限公司　供图）

遗产名录，同时申报国家级非物质文化遗产名录。

相传，大鹏清醮的由来与大鹏所城的建城有关。明洪武年间，大鹏所城初建，北城门附近发生瘟疫，引起百姓恐慌，后请来堪舆大师，认为北门为白虎门，须堵上北门方可防止瘟疫蔓延，又请道士打醮以除瘟疫。清道光年间，刘起龙和赖恩爵两位将军率众在大鹏城打醮，此为最早有文字记载的一次大鹏清醮。

传统上打醮仪式有两种，其一为解除瘟疫的“瘟醮”或“傩”；其二是感谢神明庇佑、祈求平安的“太平清醮”。大鹏所城原为军事要塞，故传统的大鹏清醮多以纪念阵亡将士和超度亡魂的“瘟醮”为主，其后天下太平则做“太平清醮”。

大鹏清醮仪式逢五年举行一次，每次为期七天。整个过程包括从制作“山大佬”和纸扎马、龙、鹤、凤等祭品，到整个拜祭、巡游、放生、吃斋流程和举办独特的“将军宴”等一系列盛大仪式，体现了道家“和”（和谐）、佛家“善”（施予）、儒家“忠和孝”、天后“同舟共济、救死扶伤”等民族传统美德。作为一项典型的民俗活动，大鹏清醮所展示的群众信仰，对今人传承民族美德，具有积极的社会意义。

近年来，大鹏新区大力开展非遗文化保护和传承工作，不仅支持成立了新区非遗促进会，同时还将所城南门城隍庙遗址打造为大鹏新区非遗传承基地。通过丰富多彩的非物质文化遗产宣传展演活动，提高全社会对非物质文化遗产的保护意识，营造全民关注和参与非遗保护的良好氛围。

清雍正八年（1730）

双鱼城置为阳江县丞署衙门所在地，作为地方海防军事要地使用到清嘉庆十六年（1811）

公元2002年

双鱼所城被公布为阳西县文物保护单位

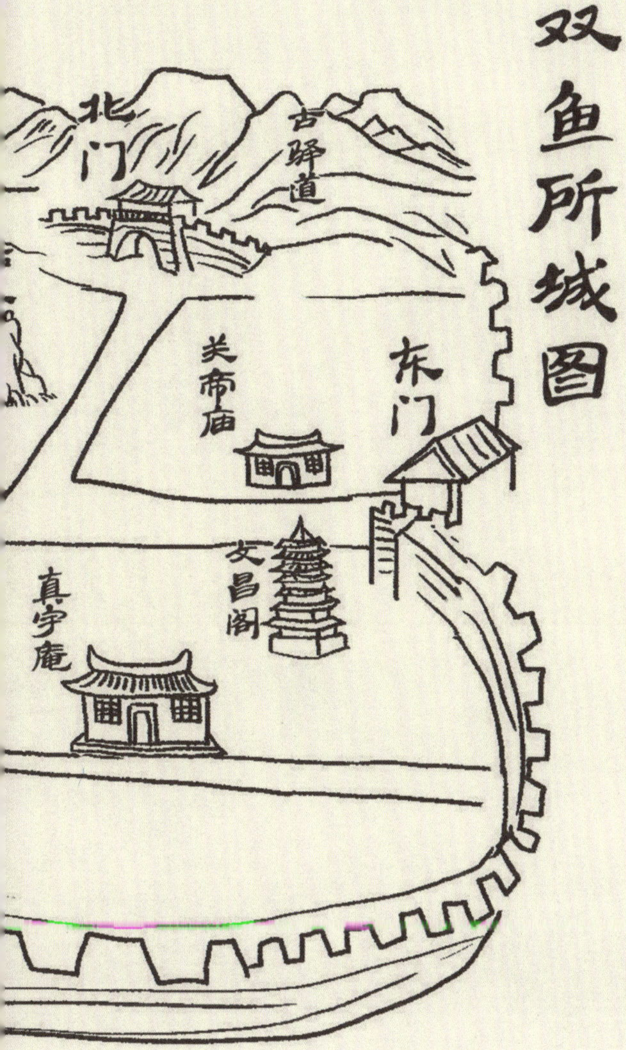

双鱼所城

文塔擎天昭日月　重修古道泽双城

明洪武二十七年（1394）

广东都指挥使花茂率兵筑城，原城四周有护城河环卫，辟东西南北四个城门，城内十字街中心建有牌楼，四个出口可通四城门

明万历二年（1574）

所城曾被倭寇攻陷，次年重修

明崇祯二年（1629）

置统台，并筑小城，设兵戍守

俯瞰今日双鱼所城

双鱼所城，全名“双鱼守御千户所”，位于阳江市阳西县上洋镇双鱼城村。明洪武二十七年（1394）广东都指挥使花茂率兵筑城，原城四周有护城河环卫，东门诸岭为屏障，西南为白石海湾，舟船可抵城下。所城占地面积7500平方米，城墙坚固，城堞呈梯形，外直内斜，城墙高约6米，砖石套红泥五层结构。全城有东西南北四个城门楼，各设大炮一门、吊桥一座。城内十字街中心建有牌楼，四个出口可通四城门。千户所官署设在城中最高处，另有吏目厅、镇抚司、旗纛庙等军事、行政设施。双鱼所城周边还有配套军事设施，如双鱼水寨、双鱼炮台、烽堠等。所城东与今阳东的北津、海朗所城，西与电白的神电卫城遥相呼应。

“昨夜双鱼何处所？”

对双鱼所城的印象，最早来自有“东方的莎士比亚”之称的明代著名戏曲作家、文学家汤显祖的诗《阳江望夫石》，诗中的“双鱼”便是双鱼所城了。其诗曰：

峰如眉黛翠如环，破镜迷离烟雾间。
昨夜双鱼何处所？戚船多在海陵山。

所城向导张金生表示，古代的双鱼城一带近海，相传海水涨潮时，会有两条大鱼游至城下，故得名“双鱼”，此地更是有“鲤鱼化龙”的故事相传。

数百年过去了，沧海桑田。双鱼所城的城墙虽然已于20世纪70年代被拆除，刻有“双鱼城砖”字样的城砖也被村民们挖去建屋，所幸整个城池的轮廓还在，东西南北诸门的位置也未变，东、西、北三道城墙还剩下中间的夯土墙，只是上面长满了荒草和杂树。护城河几乎干涸，只余北门一段，周围长满野草，待荔枝成熟时游客可以在亲水平台观赏，景色非常美。

刻有“双鱼城砖”字样的明代城砖

八角文昌阁，见证古城的文教功绩

士兵在这里屯田练兵，繁衍生息，据说双鱼所城全盛时人口达到3万之多。据向导张金生介绍，如今城里常住人口只有2000多人，姓氏有10多个，人数最多的是张姓。

城里至今庙宇众多，有羽宸张公祠、关帝庙、文昌阁、城隍庙、北帝庙、华光庙、五显庙、真宇庵等等——道教、佛教以及地方性信仰在这里和谐共处了数百年。

建于城中东南角的文昌阁是双鱼所城的标志性建筑之一，作为当地的文化象征，见证着所城的文教功绩和辉煌历史。据现存《重建双鱼城文阁碑记》，雍正八年（1730），双鱼所城成了县署衙门所在地，始建文昌阁。乾隆六十年（1795），阳江县丞到任，见城中文昌阁坍塌，心中愀然，遂集绅耆重新修建，两年后建成，并立碑记之。碑文曰：“余闻阁之初建也，人文蔚起，比户盈宁。”极言文昌阁之教化功能。

当地人建羽宸张公祠纪念抗倭名将张元勋

建于城中东南角的文昌阁是双鱼所城里的标志性建筑之一，作为当地的文化象征，见证着所城的文教功绩和辉煌历史

如今的文昌阁高约20米，外观看上去就像一座碉楼，分上下两层，上为八角形塔顶，下为庙宇，石门框上镌刻着一副对联：“文光昭万古，帝泽沛双城。”进门可见神坛上供奉着穿着文官服饰的文昌君，左右分立执笔童子和捧墨仙官。张金生说，文昌阁长年香火鼎盛，每逢高考前夕，四乡八里的人都喜欢来这里拜一拜，据说文昌君能保学子们于千军万马之中“杀”出重围。环顾四周，墙上挂满了锦旗，上面清一色都是高考学生和家长的祈愿。

奇石与古井，那些关于建城的传说

走在双鱼所城的街道上，见有几块奇石，天然而成，罕见稀有，它们分别是坐卧在东门的石鼓、西门的石鸡、南门的石狗和北门的石人。

关于这些奇石还有一则美丽的传说。相传600多年前某一晚，年轻的朱元璋经过上洋地区的郎官山时，被山贼追赶。靠近郎官山南麓的茅岭时，听到战鼓擂擂，鸡鸣狗叫，山贼被吓跑了。于是朱元璋走进一户人家，见一对老夫妻带着一孩子，便问道："老人家，此地叫什么村？有多少户人家？"老人回答："这里叫茅岭村，只得我一家人居住。"朱元璋感到奇怪，三更半夜，怎会有战鼓声和鸡狗的叫声？随后留宿一夜，早上起来发现自己竟睡在岩石板上，老人一家不见了，只见到三座石人，以及不远处的石鼓、石鸡和石狗。他认为此地是风水宝地，暗暗发誓自己若飞黄腾达必在此建一座城，后来，朱元璋称帝后果然在这里建起了双鱼城。

张金生介绍说，这几块奇石，除了石鸡后来因修路被炸毁，石人、石鼓和石狗至今仍屹立如初。更神奇的是，石人还会"长高"。张金生说："可能是地质运动原因，与几十年前的高度相比，石人每年都在增高。村民们经常带小孩子前来贴着石人量身高，希望小孩子快点长高长大。"

除了奇石，双鱼城里有一口古井也充满着神奇色彩。古井造型独特，井壁为天然红泥材质，不着一砖一石却十分牢固，历经数百年的消磨仍保存至

双鱼所城里有几块奇石，天然而成，罕见稀有。图为坐卧在南门附近的石狗

城里的老人闲时喜欢坐在唯一的小卖部门前闲聊

今。古井曾是双鱼城的重要水源，对所城意义非凡。话说建城之初遭遇连月大旱，双鱼城临海，城内没有淡水资源，用水困难，加之蚊虫肆虐，士兵身上长了毒疮，又痒又痛。刘伯温途经此地，观测地形和风水后，让人凿挖了这口井，于是士兵们不但有水喝了，而且用井水洗疮，不久也痊愈了。这就是著名的“刘伯温点井”的故事。“古井井口小，直径不到两米，中部大，底端收缩，像一只大酒缸。井水清澈见底，水质很好，人们用井水煮食物，大热天也不发馊，至今还在使用。”向导张金生说。

双鱼古井，传说是明朝刘伯温亲自勘点的

沉睡百年的古驿道正在被唤醒

双鱼所城的入口处矗立着一座巨大的战船雕塑，战船的桅杆顶端是两条大鱼，中部则镶嵌着两块竖的牌匾，上书“双鱼城”和“海防古道”，船头的位置醒目地竖着十个大字“梦寻海防情，最忆双鱼城”，这句话道破了海防古道正是双鱼所城打开复兴之门的“钥匙”。

海防古道就在双鱼所城北门外的龙高山上

双鱼城海防古道航拍图。古道的修复秉持修旧如旧的原则

海防古道指的是位于双鱼所城北门外龙高山上的阳西古驿道示范段（上洋—溪头），全长约36.65公里，其中古驿道本体长约6.75公里，连接线全长29.9公里。古驿道分为上洋镇双鱼城至溪头镇马村段、上洋镇石门岭脚村至溪头镇石港陂士岭段两段。古驿道沿线有古城墙、墙砖、古井等丰富的历史文化遗存。2020年，古驿道沿线的烟墩岭又新发现烽火台遗址2处。2021年1月24日，“双鱼城海防古道烟墩岭烽火台遗址”入选了“南粤古驿道重大发现”。

明代海防的历史在阳西古驿道以及双鱼所城等文物遗址得到充分体现：双鱼城曾是明代的海防军事建制单位“守御千户所”，而平时作为普通路径的阳西古驿道，在部队与倭寇、叛军作战时也会作为部队千里疾行的重要通路，深受所城人爱戴的抗倭名将张元勋、殷正茂都曾亲自带兵在这里打过仗。清朝时期，广东官员也十分关注阳西的地方政治。康熙年间双鱼城一度成为大草寇李积凤的据点，清兵曾多次经由驿道进军双鱼城和龙高山等地剿匪。雍正年间，双鱼城在广东总督郝玉麟治下，成了阳江县丞署衙门所在地，驿道也从军事要道变成了调运粮食的要道。

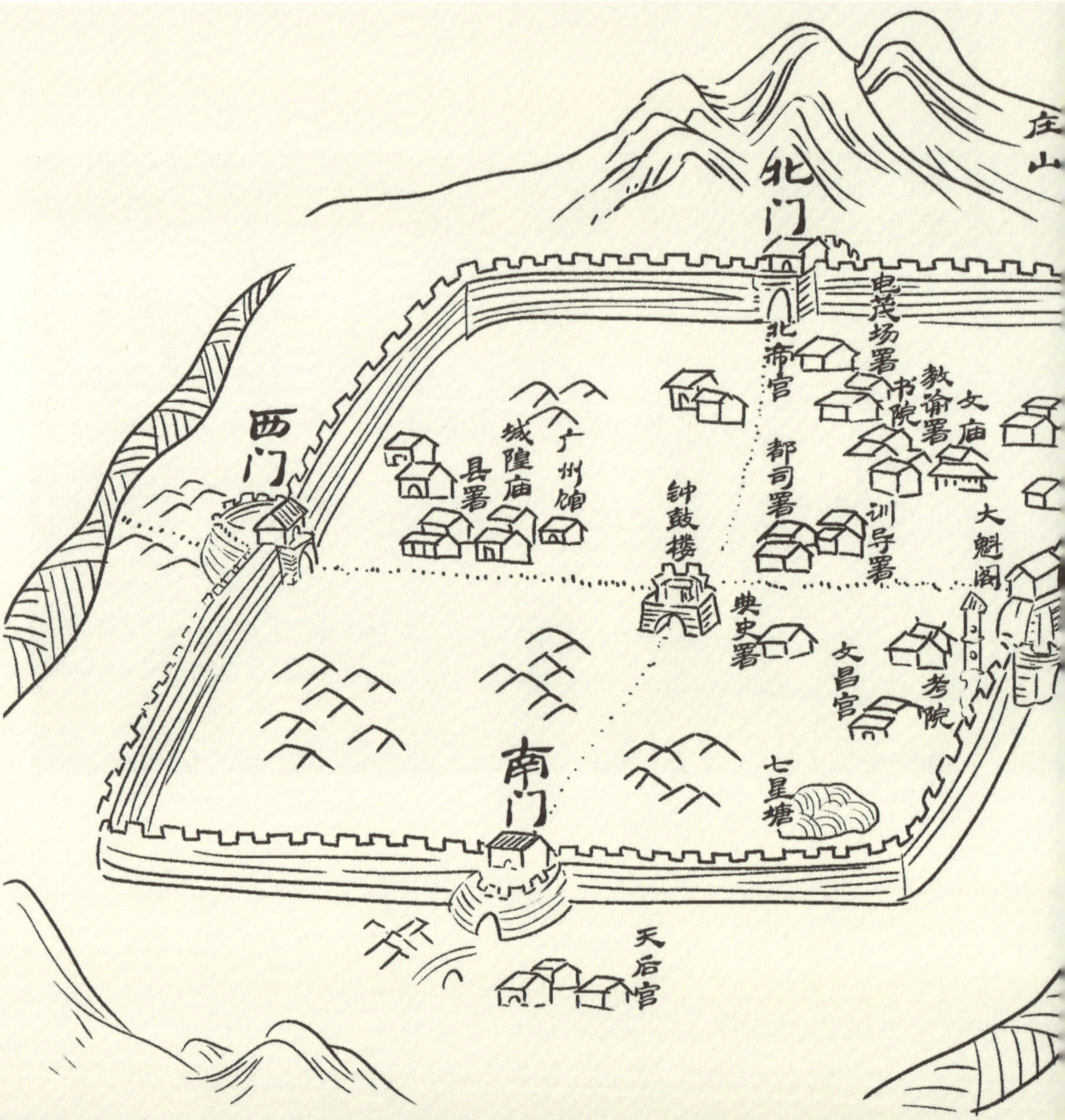

明万历三年（1575）

在城外增建敌楼12座，后又将城外墙增高1米，并在护城河边建更楼

清雍正三年（1725）

全国撤除卫、所，神电卫原辖官、兵划归附近州、县统率

公元1950年

电白县治迁往水东镇，神电卫城作为海防要塞和县治，历时557年

公元2008年

神电卫城钟鼓楼被公布为广东省文物保护单位

神电卫城

百载兵刀销尽处　千秋钟鼓遏行云

明洪武二十四年（1391）

广东都指挥使花茂奏筑神电卫城，委惠州指挥王彪、千户张贞筑为土城

明永乐七年（1409）

神电卫城改筑为砖石城，计六百四十步，周一千一百丈，高一丈二尺，堞高五尺，总高一丈七尺，为门四，上各有楼，敌楼四十，角楼四，窝铺四十一

明成化三年（1467）

电白县治由高州长坡旧城迁来神电卫城，卫、县同治，神电卫城成为当时粤西地区的经济、文化、军事中心

俯瞰今日神电卫城

神电卫城位于茂名市滨海新区电城镇内。作为明代广东防御海盗、倭寇侵扰的24座海防要塞之一，神电卫城成为当时高州、宁州、双鱼、信宜、阳春5个守御千户所的军事指挥中心。清道光年间《电白县志》卷十三载："明洪武二十四年辛未设神电卫。"同书卷八载："明洪武二十七年都指挥花茂奏筑神电卫城，委惠州指挥王彪、千户张贞筑为土城。永乐七年甃以砖、石，计六百四十步，周一千一百丈，高一丈二尺，堞高五尺，总高一丈七尺，为门四，上各有楼，敌楼四十，角楼四，窝铺四十二。万历三年，外建敌楼十二座。"卫城呈长方形，周长约3300米，墙通高约5.2米（墙体高约3.6米，堞高约1.6米）。此外，尚建敌楼40座，设窝铺42间。清雍正三年（1725）全国撤除卫所，神电卫原辖官兵划归附近州县统率。1950年12月，电白县治迁往水东镇。从明洪武二十七年（1394）至1950年，神电卫城作为海防要塞和县治，历时557年。

南门港与北门场署，见证当年盐业繁荣

明代三大才子之一解缙①在明永乐年间奉旨督饷化州时曾作过一首七绝，该诗对于神电卫城胜景的描写让人对这座岭南边陲古城充满了向往。诗曰：

石龙江上水云腥，巨浸东南合四溟。
神电卫城何处是？半边山色一痕青。

张永忠是神电卫城建城官之一张贞的后人，生于斯长于斯的他爱翻故纸堆，留心搜集、整理和研究与古城历史文化有关的资料，自然对古城的古旧建筑、名人掌故、民间传奇等如数家珍。

据张永忠介绍，神电卫城在当地被称为“电城”。电城目前保持神电卫城原来的面积不变，但一部分城墙在抗日战争期间被日寇飞机炸毁，另一部分为了便于群众逃避空袭而拆低。抗战胜利后，城墙被削低改为环城公路。幸运的是，城内仍保留着东南西北呈十字形的四条主要街道。虽然现在大家习惯称之为“东街、南街、西街、北街”，但老一辈人还清晰记得，当年斗大的字刻在四门的城楼上，东门叫作“承恩”，西门叫作“武安”，南门叫作“永宁”，北门叫作“长乐”。

南门在明末至清中期是临海的，当时南门港是周边地区最繁华的商港码头，每天运输以盐为主要货物的各种外来货船，停泊在南门港外。《电白县志》载：乾隆二十一年（1756），电茂盐场改灶煮熟盐为池晒生盐，产量大增，各地前来运载食盐的“贾人沽舶云集，樯帆蔽空”，海上运输一派繁忙。连城中军妇也参与挑盐，城南村民和部分城中居民当时也多以挑盐为生计。张永忠介绍，管理电茂盐场的电茂场署就设在电城的北街上，北门附近至今还有一条巷子唤作盐田巷，可佐证当年盐业发达、千人参与挑盐的盛况。

---

① 解缙（1369—1415），字大绅，江西吉水人，明代大臣、文学家。主持纂修《永乐大典》，著有《解文毅公集》《春雨杂述》等。

十字街口的钟鼓楼，电城人的精神地标

矗立在十字街口的钟鼓楼是电城中现存唯二的明代建筑之一，另一座是南门外的天后宫。关于神电卫城的选址当地一直流传着一则传说：相传建城前一位国师亲自来勘测，认为白石坡很理想，除了北依庄山，南傍大海，还是一个“七星伴月”的风水宝地。代表“七星”的地方后来分别建起了电阳试院、北帝宫、圆岭仔、石古宫、海头村、黄家祠、楼角宫，而代表“月”的地方则建起了一座烽火台，即钟鼓楼的前身。

张永忠介绍，直到20世纪80年代末期，钟鼓楼仍是古城内的制高点。士兵站在楼上南望，如果看到数里外的莲头岭炮台的烽火点燃，便立即鸣钟击鼓以示警，对防灾御寇起到了积极的作用。钟鼓楼在2008年被公布为广东省文物保护单位。

如今的钟鼓楼是一座砖木石混合结构的三层城楼式建筑，通高13.1米，占地面积为340平方米，首层用花岗岩条石砌筑，宽22.3米，深16.55米，中

矗立在十字街口的钟鼓楼是电城人的精神地标

钟鼓楼二楼南面廊外废弃的明代石柱础

开宽4.25米，高4.1米的石砌拱券门。历次修缮中均没有拆除首层，首层至今仍是明代实物遗存。两层楼阁高耸，重檐斗拱，红墙灰瓦，典雅古朴，气势恢宏。张永忠指着二楼南面廊外废弃的石柱础说，这是明代的石柱础，远大于现在清末的柱础。从残留的旧柱础看，原来的钟鼓楼有可能是一座歇山式建筑，而且比现在的要高大。

资料显示，明崇祯二年（1629），钟鼓楼曾改名“文昌阁”。钟鼓楼二楼墙上嵌的一块残碑也证实了这一说法。碑文记载了清同治年间12位文人在此结社饮酒酬诗的往事。此外，楼内还有一副木刻对联，上联“一点文章光士籍”，下联“九天开花护儒林”，横批“小嫏嬛”。嫏嬛[①]乃神话传说中天帝藏书的地方，后泛指珍藏书籍之所在。以“小嫏嬛”命名，足见钟鼓楼被唤作“文昌阁”的时候，此处文风之鼎盛。

① 嫏嬛，同“琅嬛”，传说中的神仙洞府、天帝藏书的地方。伊世珍《琅嬛记》卷上：“因共至一处，大石中忽然有门，引华（张华）入数步，则别是天地，宫室嵯峨。引入一室中，陈书满架……华心乐之，欲赁住数十日。其人笑曰：‘君痴矣。此岂可赁地耶！’即命小童送出。华问地名。曰：‘琅嬛福地也。’”

电阳试院与庄山雅集，小城不乏传奇故事

说到文风鼎盛，张永忠还提到了发生在古城北门附近庄山上的一次雅集。这次雅集与城内的电阳试院有关。电阳试院旧址，即今电城镇电白四中所在地。试院建于清朝嘉庆二十三年（1818）秋，在原“文昌宫”基础上扩建而成。它是清代县级举行科举考试“院试”的场所，是电（电台）、阳（阳江、阳春）童生三年两次聚考初级功名（文秀才）的地方。当时电阳试院的主考官都是从外省派来，道光十二年（1832）十月，试院迎来了来自安徽繁昌的主考官——著名书法家鲍镇芳。难得有才子不远千里来到岭南边陲，当地的读书人自然要着意结交。于是鲍镇芳在闲暇之时，应当地名人喻少白之邀，与10余位来自浙江、江苏、四川、安徽、广西、山西等地的同僚赴庄山览胜。诗酒唱和之余，喻少白提议鲍镇芳为此行雅集“书石题名以纪一时”，鲍镇芳欣然提笔题了“海飞云立”石刻和“道光壬辰碑”。只可惜，“道光壬辰碑”已失存，“海飞云立”石刻其中一方在如今新建的庄山寺里，已碎为残片。

电阳试院旧址

电阳书院与霞海书院，听见东街琅琅书声

从电阳试院旧址出来，穿过几条古巷，便到了电城镇中心小学门口。学校门口也挂着一副木刻对联，上联是“文脉启莲峰，学子早登龙虎榜”，下联是“国风馨粤海，电城辈出凤麟才”，气度不凡。莲峰书院是小学的前身，但其实小学的历史最早可追溯到1648年设立的电阳书院。从古城走出去的名人大都在这所书院读过书，称之为古城的“文化摇篮”并不为过。

走进校园，一路有人唤张永忠为“张校长”，原来他在这里当过校长。来到小学教学楼的大操场，小学生们正在草地上奔跑追逐。张永忠指着操场说，这里曾经是文庙所在地。操场上有一个舞台，舞台后方那面墙的左右两根柱子特别醒目，走近看，竟然是由尺寸很大的条形砖砌成，其中一块大砖还有“中”字款。张永忠笑着说，这就是你们一直念念不忘的城墙砖。当年电城改筑砖石城时，城墙砖由辖下前、后、左、右、中五个千户所分担，“中”字表示这块砖是中千户所负责制造的。

电城镇中心小学门口挂着一副木刻对联

电城镇中心小学操场边有两根由城墙砖砌成的石柱。图为“中”字款城墙砖

原来当年城墙被拆后，城墙砖一直散落在民间。“在电城，每家每户都有两三百条城墙砖。有的砌墙，有的围猪圈，有的堆在角落里，有的垫在脚下成了路基。”他说，那两根柱子是他当校长的时候砌的。“我当时动员电城居民把家里多余的城砖贡献出来，建成了这两根柱子。虽然城墙被拆除了，但还是要让孩子们记住神电卫城的历史，代代相传下去。”

中心小学旁边便是著名的红色革命遗址——严家祠。严家祠始建于明崇祯十四年（1641），原名“霞海书院”，清康熙五十九年（1720）进行维

1925年6月，共产党员邵贞昌等在此成立中共南路第一个党支部——中共电白县支部

修，改名为“严家祠”。1925年6月，共产党员邵贞昌等在此成立中共南路第一个党支部——中共电白县支部。1926年2月，电白县农民协会也在此成立。自此，这里成为我党传播马列主义、领导农民运动的地方，为大革命作出了重要贡献。2003年9月，严家祠被公布为茂名市文物保护单位。

“唯用一好心”的隋谯国夫人

在距离所城不到两公里处有山兜村，这里便是冼太夫人故里，内有冼墓、冼庙、冼府等历史文物资源。

冼太夫人（522—602），本名冼英，又称冼夫人、“岭南圣母”，南北朝时期南越首领。虽历经梁、陈、隋三朝，冼太夫人毕生“唯用一好心”，致力于维护国家统一和民族团结，尤其对岭南的繁荣和稳定作出了卓越贡

娘娘庙（冼太夫人庙），始建于隋，历代都曾维修，现存建筑形制、结构保留清制

娘娘庙外墙为隋、唐、宋、明、清时期砖石叠砌而成，有“一墙五代”之美誉

献。冼太夫人的影响广大深远，粤西地区和海南地区遍布冼太夫人庙。

隋谯国夫人冼氏墓由墓城、墓碑及享殿等构成。墓地呈长方形，周围有土墙遗迹，墓城为南北向，东西长123米，南北宽110米，占地13 530平方米，其规模之大、文物遗存之丰富，都十分罕见。其中，隋谯国夫人冼氏墓前残存的隋代负碑赑屃石被考古专家称为冼太夫人的“身份证”。隋谯国夫人冼氏墓始建于隋朝，宋、明、清均有重修，墓城内保存了较多的隋代建筑遗迹，是广东省考古发现的第一个隋唐墓园建筑实例，具有很高的历史和科学研究价值。2013年隋谯国夫人冼氏墓被国务院核定并公布为第七批全国重点文物保护单位，实现了茂名国家级重点文物保护单位零的突破。

娘娘庙（冼太夫人庙）始建于隋，唐时因冼太夫人玄孙冯君衡获“矫诬”罪而遭到破坏，宋末元初，当地黄、蔡两姓村民重建该庙，清、民国时期都曾维修，最近一次维修是2004年，现存建筑形制、结构保留清制。娘娘庙坐西向东，广三路，深三进，中间面阔三间，总面阔22.4米，总进深29.2米。硬山顶，龙船脊，抬梁式梁架结构。头门嵌花岗岩石门夹和一双抱鼓石，二进为拜亭，天井两侧廊庑为三开间，墙体从地面至距地面1米高处用不规则石块垒砌，以上则用青砖叠砌。值得一提的是庙宇外墙由隋、唐、宋、明、清时期的砖石叠砌而成，有“一墙五代”之美誉。庙内天井拜亭前有一只石香炉，为二节收腰三足石鼎，当地人称其为“飞来鼎”，据说鼎里的香在下雨天也不灭。

电城人的乡愁

高脚狮子舞又名“高挑狮子舞”，是广东省狮子舞中独一无二的表演形式，一般在正月、年例及其他喜庆活动中表演。传说其创始人是明末清初电城北街“健园”武馆教头马德良。

高脚狮传承南狮的制作工艺，体积则比南狮小三分之一，长约2米，重10余公斤，小巧玲珑，造型精致。高脚狮有四只脚，狮头狮尾各用挑杆支撑，由两人持杆同时操作表演。表演时，以打击乐伴奏，狮子在狮引的引领

神电卫城的高脚狮子舞

墨鱼饼是电城美食之一

下，随着挑杆的舞动上下翻滚，奔腾跳跃，表现出狮子的各种神态。高脚狮表演的特点是人狮共舞，不仅狮子要舞得生动，舞者也必须动作好看，二者融为一体，产生出一种独特的表演风格。2007年，“狮舞（高脚狮）”被列入广东省非物质文化遗产名录。

电城炒米饼，历史悠久，相传其起源与“岭南圣母”冼夫人有关，炒米饼被认为曾经是冼夫人军中的军粮。如今，电城炒米饼制作技艺在当地流传广泛，并与民俗活动密不可分。当地儿歌有唱：“氹氹转，菊花园，炒米饼，糯米团，阿妈叫我睇龙船。”[①]电城炒米饼制作技艺主要起源于电城镇，并广泛流传到粤西各地、佛山、中山、江门、肇庆和海南、广西等地。2015年，电城炒米饼制作技艺被列入广东省第六批省级非物质文化遗产代表性项目名录。

电城的美食特别多，最著名的当属电城鱼炸和蚝炸。一锅油，一些面粉，加上鱼或蚝，一炸就可以吃了，掌握好火候，吃在嘴里就能感受到无尽

① 广东童谣，意为：转圈圈，菊花园，炒米饼，糯米团，妈妈喊我看龙船。

的香脆。其实鱼炸和蚝炸在海边城镇并不鲜见，但原汁原味的“电城味道”更胜一筹。据说电城二炸的秘诀是调制面糊要加入开水，若全用凉水调成米粉糊浆，炸成的鱼炸和蚝炸食之韧而不脆，味道也逊色几分。

与电城二炸并列为电城人乡愁的是墨鱼饼。电城墨鱼饼主要材料是足够新鲜的墨鱼，去皮爪、内脏，用菜刀剁碎成糊状，配以橙皮、蒜白等香料，上油锅干煎，清香爽口。当地墨鱼饼百年老字号“潘记”的老板从爷爷那代就开始制作墨鱼饼了，他家的墨鱼饼不但闻起来香，吃起来更有韧劲，入口难忘。

与转角就能遇见的鱼炸、蚝炸摊档相比，电城的糖水铺更像是“深藏功与名”的地方。张先生介绍，电城里有好几家百年老字号糖水铺，譬如赫赫有名的“糖水四”“糖水林”。在这里，能够立得住脚的糖水铺都有一道大薯糖水，选用本地特色的大薯加上面粉，和成一团后铺在碗里，等水滚后放到锅里翻煮，味道一流。

钟鼓楼下南街的市场充满烟火气

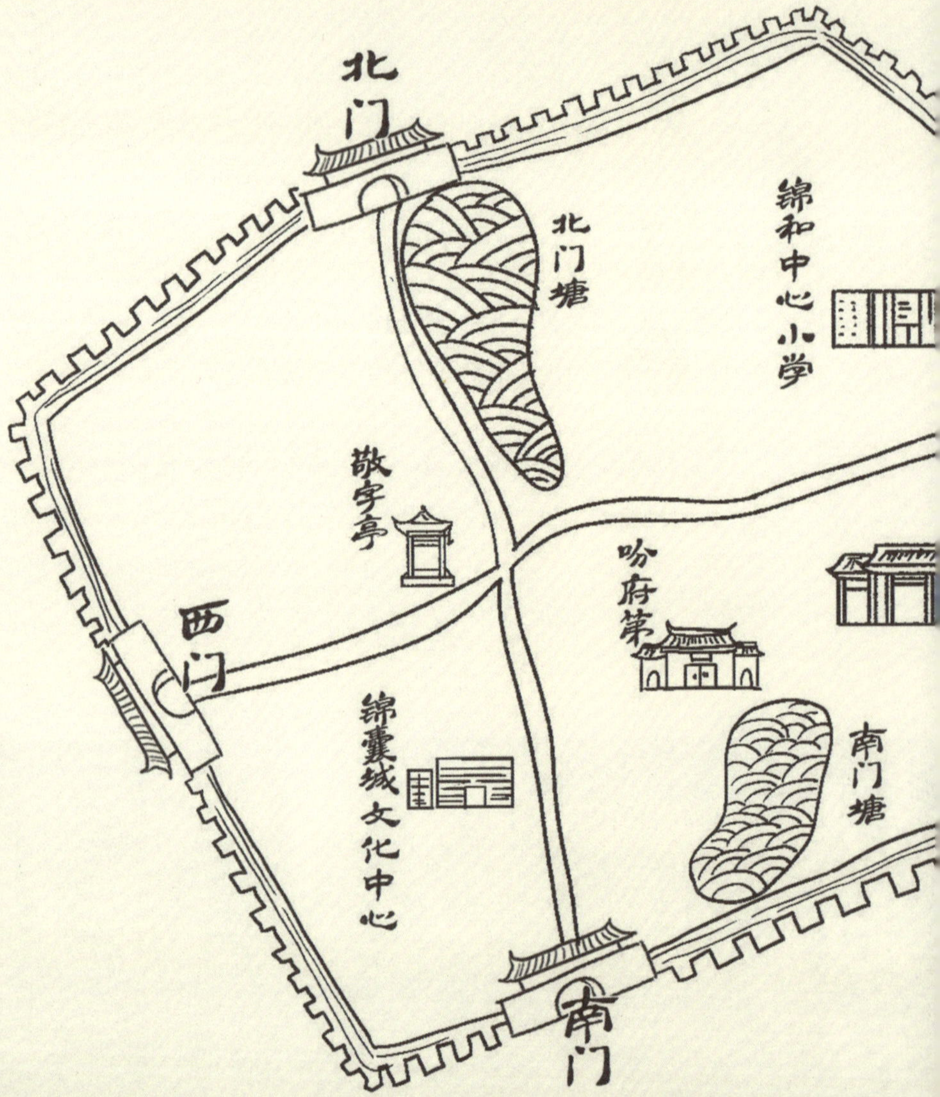

公元2005年

徐闻县人民政府公布城内村为『明朝锦囊千户所城遗址』文物保护单位

公元2019年

锦囊所城遗址被列为广东省文物保护单位

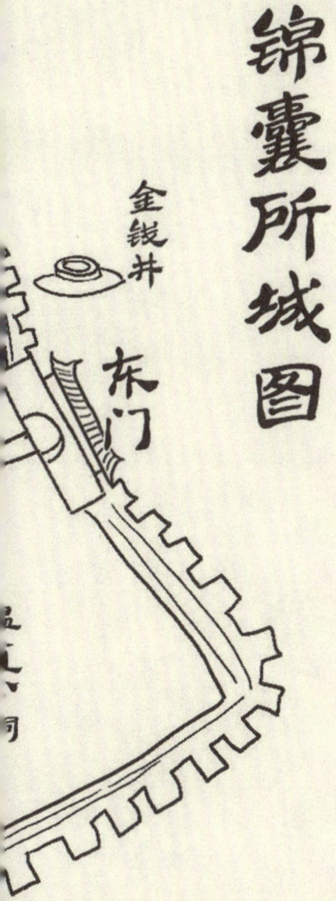

锦囊所城

锦城福地安南海　囊内春秋筑要津

明洪武二十七年（1394）
安陆侯吴杰创建锦囊所城，城周围四百八十余丈，设东西南北四门，各门有城楼，城垣四角有瞭望台、炮台及烽火台

明万历三十三年（1605）
琼台大地震，城崩，指挥冯万春主持重修

清顺治十七年（1660）
并归锦囊所城于海安

公元1958年
锦囊所城被拆毁

俯瞰今日锦囊所城

锦囊所城，全称“锦囊守御千户所”，位于湛江市徐闻县东北60多公里处，在今锦和镇城内村，为明代徐闻两大所城之一。据清宣统《徐闻县志》记载：锦囊所城为明洪武二十七年（1394）安陆侯吴杰创建，城周围四百八十余丈（约1600米），高一丈八尺（约6米），厚一丈六尺（约5.3米），城池长六百九十六丈（约2320米），宽六丈（20米）。设东西南北四个城门，各门有城楼，城垣四角有瞭望台、炮台及烽火台。明万历三十三年（1605）琼台大地震，城崩，指挥冯万春主持重修。1958年，所城被拆毁。旧县志云：“锦囊海安，天造门户，舟航利涉，此其要津。”锦囊所城位于中国大陆最南端，曾为明清时期雷州半岛东岸的防御要冲。古时驻扎官员四员，守备一员，千总一员，把总二员，专督开屯。

锦囊所城的命名传说

锦囊所城遗址位于现徐闻县锦和镇城内村的空地上，遗址地势较高，处于一片土丘之上，但城墙的轮廓依然清晰可辨。锦囊所城现有残存城墙300米，有大量块石。城址高出周围地面3—5米，以西北角为最高，高达5米以上。城墙的夯土痕迹以西部和东部南侧两段最为明显。城址呈方形，每边长450米。城墙原为外部砖砌，中夹夯土。原有东西南北四门，现仅留有一豁口，是城门遗址。

说起来，锦囊所城的命名颇具神秘色彩。相传明洪武年间安陆侯吴杰建城时，建到一半，青石耗尽，无石筑城。夜梦一白发老者拄杖而来，献上锦囊一个。他醒后打开锦囊一看，里面有文书，写着：“城西北港，土下有石，揭土烧砖，砖可砌城。”翌日吴杰亲自查勘，发现城西北门港渡头坑全是黏泥土，是烧砖的

明代锦囊千户所城遗址保护碑

锦囊所城北门还残留着一小段珍贵的明代城墙，城墙上覆盖着厚厚的野生植被，当中长着一种当地特产的尖竹，竹节有刺，是保护城墙的天然“秘密武器”

好材料，果然应验。他命令士兵筑窑烧砖，遂将城命名为“锦囊”，并让士兵在城砖上落“锦”字款。向导邓家瑞先生介绍，锦囊城墙在清末民初以来的匪乱、战乱中被毁坏多处，直至后来被拆。现残存大部分是墙基，只有北门遗存一段城墙尚保留其建筑结构——由长方形条石与城砖垒砌而成，但“锦”字款城砖已经很难寻获，此前找到的基本都藏于徐闻县博物馆。

明清古建筑与憨态可掬的石狗

锦囊所城尚存古民居、公祠等人文遗迹总计10余座，均为明清建筑风格，多为纯砖结构。屋顶有的四角翘起，有的四角呈45度下垂，有的四角上还有雕像，各有特色，但都充分体现了当时建筑工匠高超的建筑技艺。

最具代表性的是吴氏温直公祠，建于清道光二十年（1841），占地面积400平方米，由南北二厅与大厅组成，门额题书“温直公祠”，楹联已经字迹漫漶，但走进公祠里还能见到造型精美的上夔窗和保存完好的石斗拱。

私家大宅中最气派的要数吴氏吩府第，建于清嘉庆年间，占地面积400

温直公祠，建于清道光二十年（1841）

平方米，虽然已经残破不堪，但三进式的四合院轮廓清晰可见。向导邓家瑞指着早已崩塌的大门处说，当年留下来的对联很有意思，对联曰：“吩植田园春毓秋收勤稼穑，府藏书籍朝吟夕诵课儿孙。”看来所城里大户人家都希望后代多读书。

城里石雕颇多，有石狗、上马凳、石碑、石匾、石磨等。石狗是当地村民用来保家护院的“图腾”，最大的有1米多高，最小的有40多厘米高，看上去大都憨态可掬。所城公署衙门旧址只剩下一方散落在地上的抱鼓石和一口衙门井，供后人推想往日的荣光，西北角的校场更是种上了菠萝。

幸亏尚存一方“钟公德威碑”，铭记着康熙初年锦囊所城守备钟贵率军兵抗敌护城的英雄事迹。诗曰：

钟公生镇我锦囊，德威兼全保四方。
护城积德人钦仰，指挥到处寇氛亡。
爱民似子家家感，训伍如霜队队良。
功广德深无以报，勒石铭矣万年扬。

吩府第建于清嘉庆年间，占地面积400平方米，虽然已经残破不堪，但三进式的四合院轮廓清晰可见

憨态可掬的石狗是当地村民用来保家护院的“图腾”

“钟公德威碑”为纪念清康熙年间锦囊所城守备钟贵抗敌护城而立

敬字亭与两口风水塘

“锦城福地村富民和恭盛世，囊内春秋翰香墨气育英才。”这是位于南门塘附近的锦囊城文化中心的藏头对联，从中亦可窥知城里的文脉从未中断。明清时期，官府在锦囊所城的大军所设立社学教育，极大带动了雷州半岛和徐闻当地教育的发展。据史料记载，锦囊所城社学的内容包括御制大诰、本朝律令，及冠、婚、丧、祭等礼节，社学的塾师一般都是所城官兵的家属或外聘的先生，而教育经费有来自“学田”的收入和墟市的租税作为保障。所城社学的兴办为当时“南荒之地”的文化传播立下了汗马功劳。

据说，当时四乡八里的学子都来到锦囊所城的社学就读，当地学子也可在这远离朝廷的“南蛮之地”习得朗朗上口的中州正音和正宗的礼节。明清时候，该社学出过不少举人、贡生和监生。

矗立在城中央的敬字亭

矗立在城中央的敬字亭更是锦囊所城民众敬重知识的“丰碑”。敬字亭的正面和背面都是密封的，两边各留有一个孔。当中有一副对联：“为惜残篇离净土，先焚断简赴清流”，说明了亭子的用处——专门用于焚烧书籍残篇和写过字的纸张。邓家瑞先生介绍，村民们敬畏文字，敬惜字纸。敬字亭的形制很特别，亭顶似毛笔的笔尖。有笔自然就要有砚，敬字亭前方不远处的小池塘在当地人心目中就是砚台。村民们认为，正因为有了这些文房宝物，所城才能多出贤才。他还透露临近南门和北门的池塘被村民视为风水塘，以前北门塘养的鱼特别好吃，每到过年，村民们会到北门塘来排长龙买鱼，据说要托关系才能买到合心水（粤语，心满意足之意）的大鱼呢。

东门下港的迷你渔船

锦囊所城除了军事用途外，还一度是比较繁荣的墟集。《粤闽巡视纪略》记载：“锦囊所城，东有港，小舟行十里出大洋，有新寮岛，此港又可通通明白鸽寨。”可以说锦囊所城为当时雷州半岛东部的交通要冲，由于商船从海南、北海等地经这里到西营及广州等地，锦囊曾商贸繁荣，人来人

东门下港近岸处停靠着数十艘迷你渔船，窄长的船身被涂成白色和绿色，两头弯弯上翘，像极了天上弯弯的月牙儿，当地渔民称之为“槽白仔”

往。明末清初著名学者、诗人、“岭南三大家”之一的屈大均就曾到过锦囊所城，并留下一首《雷阳曲》，诗人借着飓风到来之前大海的奇特景象，表现热恋中的女子对情郎的思念之情。诗曰：

天脚遥遥起半虹，涛声倏吼锦囊东。
天教铁飓吹郎转，愿得朝朝见破篷。

如今从所城的东门出去不远仍然是东门下港，但已不复往日的熙熙攘攘，只见近岸处停靠着数十艘迷你渔船，窄长的船身被涂成白色和绿色，两头弯弯上翘，像极了天上弯弯的月牙儿，当地渔民称之为“槽白仔”。当温暖柔和的阳光洒在海面，波光粼粼，眼前船儿弯弯，此刻心中便再难藏半点尘世俗念了。

除了东门下港的渔船灯火，距离徐闻锦囊所城不到1公里的地方还有一块童话般的菠萝田，是摄影家和菠萝爱好者的乐园。徐闻位于中国大陆最南端，有着近百年种植菠萝的历史，这里是中国最大的菠萝产区，据说“每三个中国菠萝就有一个来自徐闻”。

距离徐闻锦囊所城不到1公里的菠萝田（陈北跑　摄）

菠萝田航拍图（陈北跑　摄）

古城内仅存的一小段青石板路

“我们现在是在跟时间赛跑。”

如今锦和镇城内村全村户籍人口有2000多人，均为汉族，属潮汕民系，通用闽南语系雷州方言。现住有邓、陈、吴、林、李、颜、张、蔡、曾、黄、郑、冼、谭、王、刘、周、叶、谢、欧、洪、董、魏、傅、韩、苏、麦等姓氏。城内村党支部书记兼村委会主任邓俊结表示，这些居民的祖先早年因从伍、商贸或教书，从山东、江苏、浙江、福建、广府地区、广西甚至四川、云南等地迁徙到锦囊所城，然后就地娶妻生子，在锦囊所城扎根。但不管原先来自哪里，所城里的人都很认同有着600多年历史的锦囊所城是祖先们留下来的宝贵遗产，值得珍惜。

2005年4月，徐闻县人民政府公布城内村“明朝锦囊千户所城遗址”为文物保护单位。同时，锦和镇城内村村委会成立了以邓俊结为组长的明代初期文物古城保护领导小组、明代千户所城申报省级文物保护单位领导小组，致力于对锦囊千户所城遗址的抢救、保护和修复工作。2019年4月，锦囊所城被定为广东省文物保护单位。

所城关帝庙前的石狻猊，见证着所城往日的荣光

邓俊结说，由于种种原因，短短10多年间，古城墙水土流失严重，有的甚至下降了七八十厘米，“我们再不重视起来、保护起来，以后的子孙就看不到了。”但对于古城的保护工作，邓俊结直言：“目前存在两大困难，一是保护资金缺乏，二是缺乏专家指导。我们现在是在跟时间赛跑。”

古城传奇——“称土定城”有妙计

据向导邓家瑞透露，其实锦囊所城并非一开始就决定要建在现在的遗址上，是祖辈们用计谋“赚”来的。锦囊所城建城前叫“新安村”。话说当年安陆侯吴杰奉命选址筹建所城，发现适合筑城的除了新安村，还有北港对面的那板村，两地的地形地貌几乎一模一样。正当吴杰举棋不定之际，有乡绅出主意说，建城必贵地，地贵必土重。不如取两地泥土称一称，哪里重就选哪里建城。就在双方称土比重的时候，新安村村民悄悄地把铁砂掺进了土里，这样一来，新安村的土自然就比那板村的土重了，吴杰因此把城址定在了新安村，这就是著名的“称土定城”的故事。

古城风俗——万人空巷闹元宵

一年一度的元宵佳节是锦囊所城民俗文化的精华。每年闹元宵活动都要持续两天三夜，自农历正月十三夜间始，至正月十五夜间结束。

正月十三夜开灯游神闹元宵，村民们便会提着灯笼，擎着火炬，举着彩旗，舞着狮子，开着彩车，扛着神轿，在城内的大街小巷巡游，这时家家户户用茶果香烛敬神，放炮迎接，满城灯火通明，如同白昼。

正月十四是闹元宵最热闹的日子，锦囊所城元首会联合锦和镇及下洋镇几十条村庄村民一起游神。各路队伍到齐后，按既定顺序，开着彩车（彩车顶上有真人穿着戏服装扮各类人物），举着彩旗，舞着狮子，打着锣鼓，吹着唢呐，抬着神轿，沿途香烛烟火缭绕，鞭炮轰鸣不断，车水马龙，水泄不通，游神的队伍足足有几公里长。

队伍游完锦市后就进入锦囊城里各条大道、神社，最后集结在锦囊城文化中心戏场前拜神看雷剧。村民早把猪、鸡等祭品排放整齐，等待舞狮敬

锦囊所城元宵游花灯（张再漾　摄）

锦囊所城元宵游花灯（张再漾 摄）

神。锦囊所城年例除坐轿顶和穿令箭之外，还有藤牌结塔舞狮，其表演非常有技巧性，是由队员在三层（或数层）结塔上舞狮取彩，每一层都是用人托着藤牌而上，最顶层是单人托着藤牌，让狮子在上面舞跃，惊险到家，让人叹为观止。

正月十五白天，锦囊城、锦市及东门下村游神队伍在游完锦囊城和锦市各大街大道、神社后，还会游向东门下村。游完村中各条大道、神社以及东门下港海滩后，队伍就游回戏场神社拜神明、吃肥鸡。向导邓家瑞说，东门下村的村民都挑选自家最大最肥的阉鸡来拜神，还会比赛谁家的鸡最大最肥，这种“赛肥鸡”风俗流传至今。

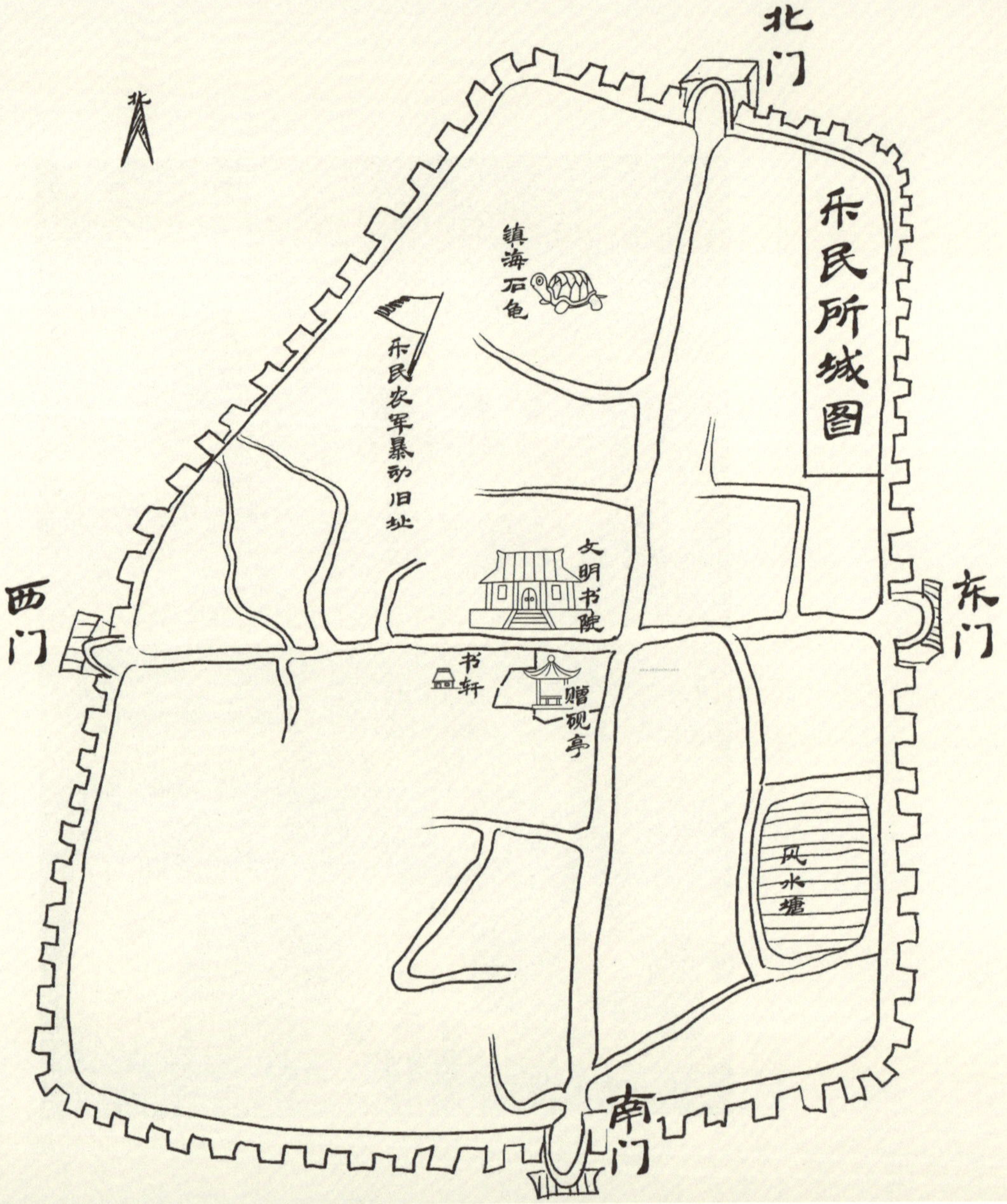
乐民所城图
北
北门
东门
西门
南门
镇海石龟
乐民农军暴动旧址
文明书院
书轩
赠砚亭
风水塘

乐民所城

千秋书院辉奎壁 万古神龟镇海疆

明洪武二十七年（1394）

安陆侯吴杰始建乐民所城，以屯兵设防为主

明隆庆三年（1569）

设遂溪哨，后改乐民仓大使署

明崇祯三年（1630）

朝廷废乐民仓大使署

清康熙八年（1669）

重建所城，后改乐民汛城

公元2012年

乐民所城被列为广东省文物保护单位

俯瞰今日乐民所城

乐民所城，全称“乐民守御千户所城”，位于广东省湛江市遂溪县乐民镇乐民村委会乐民城村。明洪武二十七年（1394）安陆侯吴杰始建，以屯兵设防为主；隆庆三年（1569）设遂溪哨，后改乐民仓大使署，崇祯三年（1630）废署；清康熙八年（1669）重建所城，后改乐民汛城。乐民所城是明清时期防御倭寇和抗击海盗的海防要塞，同时为朝廷征采“对乐珠池”贡珠起到保护和管理作用，故又被誉为“乐民珍珠城”。

古城平面呈直角梯形，南墙长460米，北墙长307米，东墙长500米，西墙长530米，城墙内周长1797米，占地面积约23万平方米，设东西南北四城门，现东、西门保存较好，南、北门已毁，城墙仅存土墙。2012年，乐民所城被列为广东省文物保护单位。

乐民所城的城墙砖

从南门进入乐民所城，步行不到10分钟便到了城中心的十字街头，据向导杨洪村长介绍，乐民所城目前有500多人，世居村民均为汉族，属广府民系。主要姓氏有陈、蒋、杨、张、谢、凌，陈姓人口较多，其次为蒋姓。王玉华老人便是陈家的媳妇，她对乐民所城的感情极深，每次有外人来，她都自愿充当讲解员。

王玉华老人说，乐民所城的城门中，东、西门保存较好，南、北门已毁，城墙原为砖土合筑，现在城砖已被拆走，仅存土墙。“1972年前后，因围海造田工程需要，当时便炸毁南门门楼并拆除城墙墙砖等来获取材料。有一些村民也拆了一些城墙砖用

村民们喜欢在十字街头的连理大榕树下休憩

当地村民使用城墙砖砌的房子

于自建房。”她指着不远处一所砖砌民房说，“这间房子的墙上就有不少城墙砖，像这样使用城墙砖砌房的民居有20多间。我这些年陆陆续续收集了100多块城墙砖，等到城墙重修那天，我就全部捐出来。”

文明书院得名于苏东坡

据王玉华介绍，乐民所城最重要的遗迹便是十字街头的文明书院。文明书院始建于北宋元符年间，为当时雷州地区三大书院之一。如今书院建筑面积100多平方米，为一进二层楼房建筑，房内镌嵌有苏文忠公石刻像一块。据历史记载，书院与苏东坡有着较深的渊源。

北宋元符三年（1100），流放海南的北宋大文豪苏东坡遇赦乘船北归，经过雷州半岛西部海域时，天降暴雨，没法前行，一行人只好上岸避雨，宿在兴廉村净行院，谁知这一避雨便是40天。据《雷州府志》载：“宋元符三年，苏公轼南迁，后由儋徙廉，道经遂溪兴廉村，宿净行院留四十日。”能让回乡心切的苏轼在此留下来的正是当时在这里掌教兴廉学塾的教书先生陈梦英。陈梦英并非泛泛之辈，他乃北宋廉臣陈懽的五世孙，自幼饱读诗书，

文明书院与赠砚亭

文明书院内的苏文忠公像

精通经文，两人一见如故。苏东坡在兴廉村的40天里，不但常常到学塾给学生上课，还留下了多首诗篇，如《自雷适廉宿于兴廉村净行院》①、《雨夜宿净行院》②等。临走时，苏东坡不但把自己珍藏的一方石渠阁瓦砚赠给了陈梦英，还对他说：“斯地景胜，当有文明之祥。”传说，苏东坡去后一个月，净行院门前便长出了一株灵芝草。陈梦英便于次年发动儒生、乡绅集资，在兴廉村建起一座书院，取名文明书院。

① 《自雷适廉宿于兴廉村净行院》诗云：荒凉海南北，佛舍如鸡栖。忽此榕林中，跨空飞栱枅。当门洌碧井，洗我两足泥。高堂磨新砖，洞户分角圭。倒床便甘寝，鼻息如虹霓。僮仆不肯去，我为半日稽。晨登一叶舟，醉兀十里溪。醒来知何处，归路老更迷。

② 《雨夜宿净行院》诗云：芒鞋不踏利名场，一叶轻舟寄渺茫。林下对床听夜雨，静无灯火照凄凉。

据说苏东坡送了一方石渠阁瓦砚给陈梦英

书院历经宋、元、明、清、民国等几个历史时期，曾经被多次毁坏而又复建。1913年，当时的遂溪县知事张以诚主持重修，在清朝康熙年间修建的书院授课厅的基础上，改扩建而成一幢中西合璧的楼阁。王玉华老人介绍，文明书院曾先后被日寇和国民党军队烧过，受损严重。新中国成立后，个别村民没有意识到书院的历史价值，用书院来放牲口、堆杂物，状况让人担忧。从20世纪70年代起，城里的有识之士便开始自发地维护书院。后来，城里的五位老人更修书著文疾呼保护这座文物，其中就有王玉华老人的丈夫陈海，人称“海公”。五位老人的义举得到了乐民镇政府和群众的支持。1997年，乐民镇政府对文明书院进行局部防漏加固维修。

遗落在文明书院附近的明代马槽

2007年重建“书轩”房屋三间，在东侧建“赠砚亭”一座、门楼一座，这才有了文明书院今天的模样。

神秘涵洞助革命农军脱险

事实上，近代的乐民城是中国共产党南路革命的重要根据地，是粤西地区最早成立中共地方组织的村庄。在大革命时期，文明书院有近百名师生参加南路革命斗争。1927年5月，广东南路最早的起义——乐民起义爆发，革命农军300多人集结在乐民，当时文明书院的场地就是农军宿营地，书院的东坡楼就是农军抗击反动军队的战斗指挥部。农军据城与1000多名国民党军队对抗，激战了三个昼夜，后因粮弹不济不得不撤退以保存实力。那么，农军是如何从国民党军队里三层、外三层的包围中逃脱的呢？

话说乐民所城建城之初，设计者从城内地势需求考虑，只计划在城的东南角和西北角低洼处各筑一道横竖各一尺多宽、通过城墙底的排水涵。后来，负责建城的粤地都督马鉴到工地视察，发现城墙西北角两面都有海水环绕，从城角水涵出口处到海边红树林带只有十来丈远，正是隐蔽行动的理想地带。于是，他提出建议，把原作一般用途的排水涵，改为使用坚硬大青石作材料，建筑一条四丈长，涵身横竖各三尺，涵底平滑，可让人爬行穿过的隐蔽涵洞。

这个涵洞在500多年后帮助起义农军成功逃出城，让后人不得不佩服当年建城者的奇思妙想

在“乐民农军暴动旧址”标识碑附近的涵洞被一片灌木杂草遮掩着，用木棍扫开草丛，一个横竖近三尺的洞口露了出来，洞里面漆黑一团。王玉华老人说，涵洞至今保存完好，正是这个涵洞在500多年后帮助起义农军成功逃出城外，让后人不得不佩服当年建城者的奇思妙想。

“镇城之宝”——驮碑赑屃的美丽传说

除了文明书院，乐民所城还有一件“镇城之宝”——驮碑赑屃[①]，村民们其实更喜欢称它为“镇海石龟”。镇海石龟其实还驮着一块石碑，碑高2米，碑上字迹漫漶，辨认不清。有关资料显示，石碑立于明代天顺七年（1463），上面刻的是《清虚道院碑记》。仔细端详石龟，只见它头向上仰，四肢张开，仿佛使尽了洪荒之力，让旁观的人深感石碑之重。

乐民所城的“镇城之宝”——驮碑赑屃

① 赑屃，音bìxì，蠵龟的别名。《本草纲目·介一》：“赑屃者，有力貌，今碑趺象之。”碑趺是碑下的石座，相沿雕作赑屃的形状，即取其力大能负重之义。

王玉华老人告诉我们，听老一辈讲，这尊驮碑赑屃其实大有来头。传说明朝初年，朝廷曾制作两尊驮碑赑屃：一尊留在北京镇守紫禁城，另一尊则安排在南方镇守珍珠城。后者指的就是乐民所城这只驮碑石龟，至今已有600多年历史。关于驮碑赑屃的美丽传说在乐民所城代代相传，正好佐证了乐民所城在雷州西部海防中的重要地位。

千年珍珠城名唤“乐民”

残垣隐隐乐民城，古树枝繁叶正青。乐民所城这座历史古城，见证着不同朝代的兴衰史，留下一处处古建遗迹，供后人追想其往日荣光。

乐民所城的历史最早可追溯到1000多年前，古时曾叫蚕村港，宋代叫兴廉村。公元10世纪后叶，南汉国君刘鋹于古合州（辖境约今广东雷州半岛）设媚川都，派员到蚕村港营造“对乐珠池”，使这里逐步发展为盛产珍珠的港湾。蚕村港一直是遂溪地区的天然避风港，加上这一带盛产珍珠、蚕丝和陶瓷器皿，为出口贸易提供了十分优越的条件，所以这里很早就是海上丝绸之路在雷州地区的一个重要口岸。

北门附近的乐民港一直是遂溪地区的天然避风港

城墙上嵌着的旧时采珠遗下的蚌壳

清道光《遂溪县志》记载："对乐珠池，宋开宝置场司，或采或罢，洪武二十九年诏采，正统初始命内官二员分镇雷廉珠池。"可知自宋开宝年间朝廷已经派官员到这里管理采珠，明洪武二十九年（1396）更是将对乐珠池所产珍珠列为朝廷贡品。明末清初"岭南三大家"之首屈大均说过，"东

当地村民结婚摆流水席

乐民所城农历二月二游鱼灯

珠不如西珠，西珠不如南珠”，这里便是南珠之乡。据说，乐民所城建成之时，朱元璋降下御旨，其中有“永乐民安”之句，故以“乐民”二字命名该城为“乐民城”，蚕村港也因而易名为“乐民港”。

据悉，当时的产珠蚌区，在乐民港口外3海里一带，渔民珠民都称其为“沙湾尾”。同时另有一片海域礁石林立，被称为“沙湾礁”，距沙湾尾采蚌区很近，不过1海里。采蚌珠民多是当地渔民，他们用小船或竹排到采蚌区捕捞珠蚌，运回港内，又搬上城边，由太监专差监视剖蚌取珠。皇令森严，所有采蚌、运蚌、剖蚌的珠民，不得私窃蚌或珠，违禁者斩。乐民港在明朝被开发为采珠港后，热闹非凡，每年向朝廷贡珠数斗，成为全国有名的两座珍珠城之一。但当时朝廷只顾捕蚌采珠，不注意保护和繁殖产珠的蚌，最后“蚌尽珠灭”。乐民珍珠城自宋开宝年间“置场司”至清道光年间最后被废弃为止，除有时因滥采而致无珠可采以外，断断续续被驱使为历代皇帝采珠逾900年。如今在残存的东、南、西等城门的墙上还能找到当年采珠遗下的蚌壳，供人遥想当年珍珠进贡的盛况。

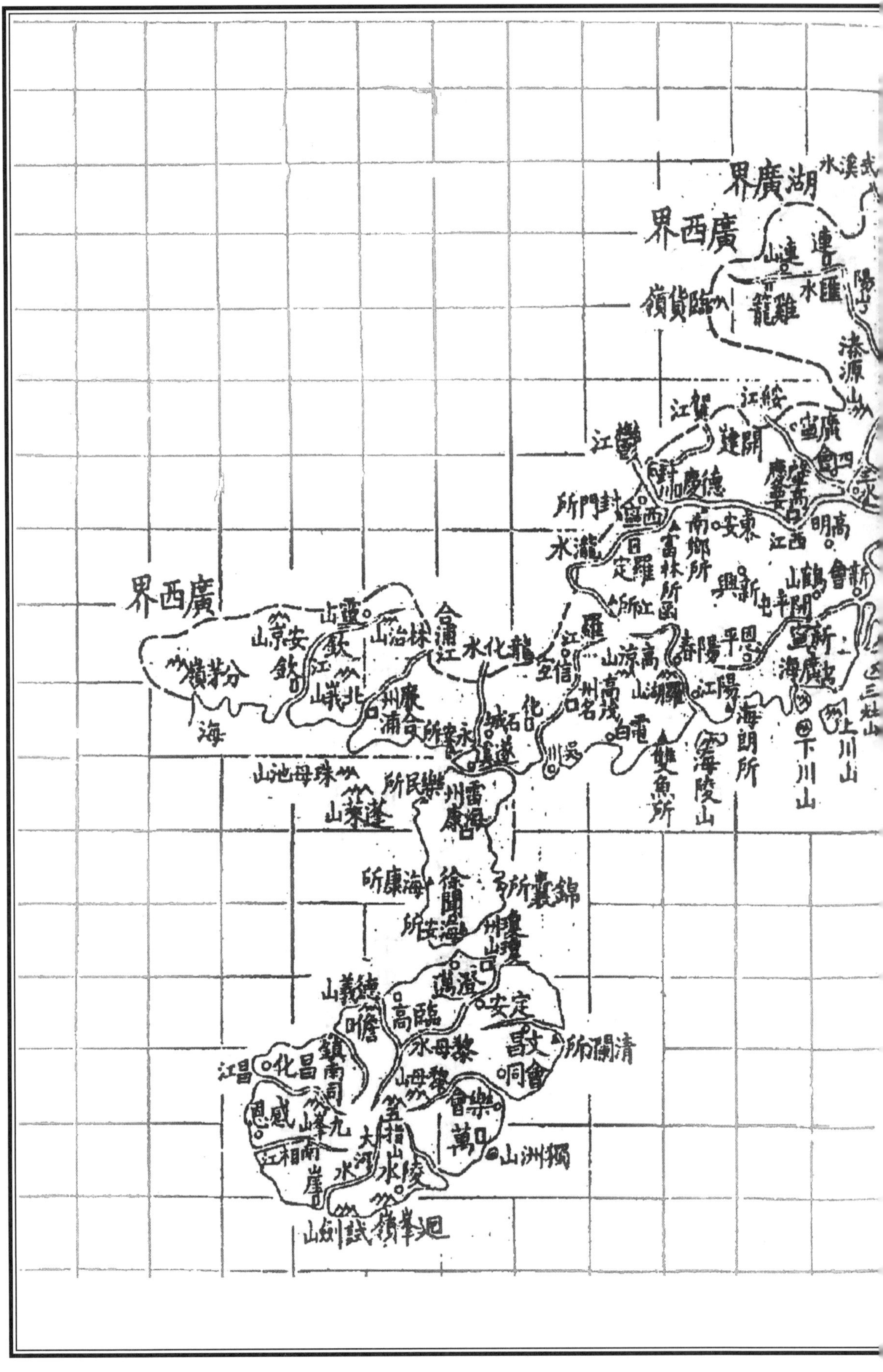

武溪水
湖廣界
廣西界
連
連山
臨賀嶺
陽山
滃源山
賀江
綏江
開建
德慶
封川
封門所
瀧水
東安
南鄉所
富林所
西寧
高明
新會
新興
廣西界
分茅嶺
安京山
靈山
欽
林治山
合浦江
龍化水
北嵐山
廉州
合浦
永安所
海
石城
化
遂溪
信宜
羅江
茂名
高州
電白
高涼山
陽春
陽江
羅湖山
海朗所
海陵山
雙魚所
上川山
下川山
珠母池山
樂民所
蓬萊山
雷州
海康
海康所
徐聞
海安所
錦囊所
瓊州
瓊山
德義山
儋
臨高
澄邁
定安
黎母水
文昌
清瀾所
會同
昌化
昌江
鎮南司
黎母山
樂會
感恩
九峯山
萬
獨洲山
南崖
相江
大河水
指山
陵水
迴峯嶺
試劍山

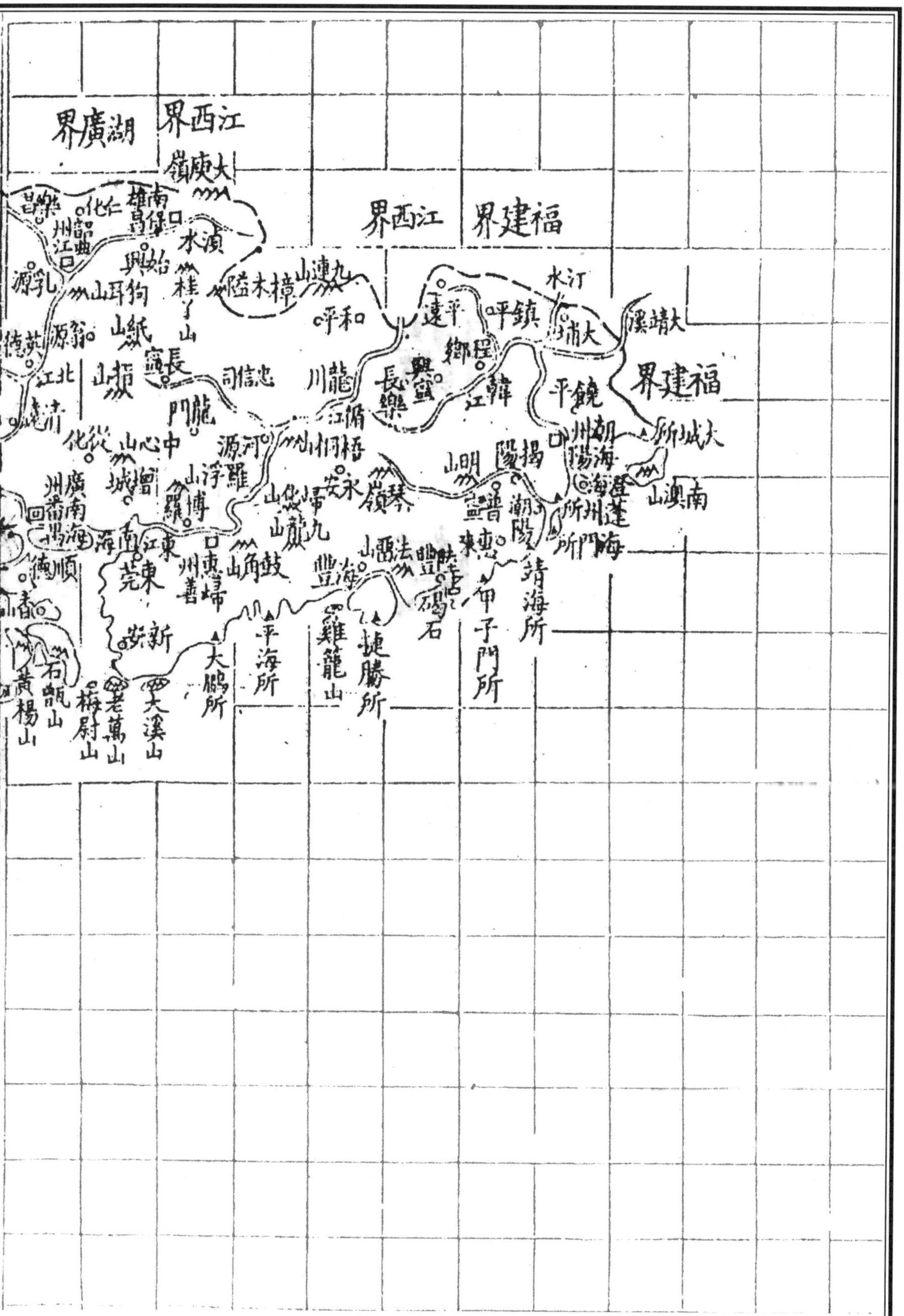

［清］顾祖禹《读史方舆纪要·舆图要览》中的广东舆图

后　记

三个半月，11座古城，3900多公里。

我们走过的每一座古城都有自己的传说和故事。身处其中，聆听着故事，再环顾四周那些岁月流过的痕迹，仿佛能从一草一木中看到过去的影子，甚至与古人“相遇”。譬如遂溪乐民所城，在建城的300多年前曾幸运地迎来了北宋大文豪苏东坡，他遇赦北归途中在此地逗留的40天里，不但常常到学塾给学生上课，还留下了多首不朽的诗篇，如《自雷适廉宿于兴廉村净行院》《雨夜宿净行院》等。为纪念苏公而建的文明书院更成为古城最重要的文化遗迹。又如明代三大才子之一解缙的诗句“神电卫城何处是？半边山色一痕青”，明代戏曲家汤显祖的诗句“昨夜双鱼何处所？戙船多在海陵山”，明代广东著名诗人谢与思的诗句“靖海城孤春意荒，楼船南下水微茫”，“岭南三大家”之一屈大均的诗句“天脚遥遥起半虹，涛声倏吼锦囊东”等，使得茂名神电卫城、阳西双鱼所城、徐闻锦囊所城等看似不大起眼的岭南边陲小城在中国古代文学史上纷纷留名。

我们走过的每一座古城之所以直到今天依然“活着”，是因为它们都有着各自虔诚的“守城人”。在采访中，充当我们向导的大多是当年建城军户的后人，他们踩过城里的每一块青石板，他们对古城的典故如数家珍，俨然是一本本行走的古城活字典。除了积极对外宣扬古城历史文化，这些后人还会自发地保护自己的家乡。譬如在遂溪乐民所城，20世纪90年代，由遂溪县部分离退休干部、当地名人，及镇、村有关干部组成的遂溪县乐民镇乐民城文物保护理事会成立，以民间组织的形式对乐民珍珠城（包括文明书院）进行保护。又如在茂名神电卫城的城墙被拆除70多年后，时任电城镇中心小学校长的张永忠，动员电城居民把家里多余的城砖贡献出来，砌成两根立柱，矗立在学校的操场上，让孩子们记住神电卫城的历史，代代相传下去。

我们走过的一座座古城就像一部部皇皇巨著，有着厚重的文化沉淀，更带着数百年的沧桑。有的备受瞩目，活力四射；有的偏居一隅，独自优雅；更多的是饱经风霜，千疮百孔。所幸的是，我们来了，透过我们的镜头、我们的图片、我们的文字，世人的目光再次聚集过来，古城的美丽和伤口，一一展现。走读古城系列不但引起了有关部门对古城的重视，加速了个别古城保护和修缮的步伐，同时也为以后古城的开发与利用提供了参考。

走进古城，读懂古城，保护古城。走读古城系列的收官不是一个结束，而是一个开始。

（周佩文）

《走读古城》主创团队

总策划

戎明昌

策划

王卫国　王　佳

执行

刘炜茗　陈伟斌

专题题签

陈平原

学术支持

黄　挺　杨培娜

专题统筹／统稿

周佩文

撰稿

周佩文　许晓蕾　朱蓉婷　汪雅云　陶新蕾　刘　晨　刘　铮

摄影

马　强　何玉帅　张　驰　朱俊毅　陈东晖　阮增豪　周佩文　许晓蕾

视频

陈成效　胡群芳　陈艺丹　张　驰　陈东晖　何玉帅　朱俊毅　马　强
陈　诚　彭雨欣　马　青　武艺璇

直播

贺　蓓　阮增豪　马　青　武艺璇　彭雨欣　李鹤鸣　吴燕妮　何玉帅

绘图

严丽萍　李毅然